AS AVENTURAS DE TARTUFO DO MAJESTOSO MISSISSIPPI

AS AVENTURAS DE TARTUFO DO MAJESTOSO MISSISSIPPI

PHYLLIS SHALANT

Com ilustrações de ANNA VOJTECH

Tradução
Heloisa Maria Leal

BB BERTRAND BRASIL

Copyright © 2000 Phyllis Shalant

Título original: *Bartleby of the Mighty Mississippi*

Capa: Silvana Mattievich com ilustrações de Anna Vojtech

Editoração: DFL

2008
Impresso no Brasil
Printed in Brazil

CIP-Brasil. Catalogação na fonte
Sindicato Nacional dos Editores de Livros, RJ

S539a   Shalant, Phyllis
        As aventuras de Tartufo do majestoso Mississippi/Phyllis Shalant; com ilustrações de Anna Vojtech; tradução Heloisa Maria Leal. – Rio de Janeiro: Bertrand Brasil, 2008.
        192p. : il.

        Tradução de: Bartleby of the mighty Mississippi
        ISBN 978-85-286-1316-2

        1. Tartaruga – Literatura juvenil. 2. Animais – Literatura juvenil. 3. Literatura juvenil americana. I. Vojtech, Anna. II. Leal, Heloisa Maria. III. Título.

08-0762   CDD – 028.5
                                                        CDU – 087.5

Todos os direitos reservados pela:
EDITORA BERTRAND BRASIL LTDA.
Rua Argentina, 171 – 1º andar – São Cristóvão
20921-380 – Rio de Janeiro – RJ
Tel.: (0xx21) 2585-2070 – Fax: (0xx21) 2585-2087

Não é permitida a reprodução total ou parcial desta obra, por quaisquer meios, sem a prévia autorização por escrito da Editora.

Atendemos pelo Reembolso Postal.

Para Donna Brooks

SUMÁRIO

1	DIA DE ESPINAFRE	11
2	LUDO	14
3	*MUNDO NATURAL*	19
4	PAPÁ OU PAPÃO?	24
5	BOIANDO	27
6	SAUDADES DE CASA	37
7	VAMOS CAÇAR	45
8	VIDA DE CÁGADO	51
9	CROCANTE, DURINHO, GOSMENTO, MOLHADINHO	55
10	OUTROS!	63
11	ESCORREGA!	70
12	SSSÍLVIO	75
13	UNHÃO, PEZÃO E BOCÃO	81
14	AMIGO	87
15	SURPRESAS DEBAIXO D'ÁGUA	92

16	OVINHO VERDE	100
17	CINCO	109
18	CARLIXOS	114
19	ESSSCORREGA!	121
20	CHOCANDO OS OVINHOS	125
21	VELHO AMIGO	128
22	A TROCA	133
23	JORNADA SOMBRIA	137
24	ENCURRALADO!	143
25	O CONVITE	148
26	IRMÃO-QUÁ!	154
27	ATRAVESSANDO A FLORESTA	161
28	PASSANDO PELAS CASAS DOS HUMANOS	168
29	CRUZANDO O PÁTIO DA ESCOLA	172
30	O CAMPO DE BURACOS	177
31	A GRANDE ESTRADA	181
32	CAS(C)O ENCERRADO	185

PRIMEIRA PARTE

DIA DE ESPINAFRE

1

Tartufo curtia tranqüilamente o calor da luminária cor de laranja quando a mão o retirou de seu aquário. Era uma mão de dedos longos, brancos como carne de peixe. Os dedos tinham unhas afiadas e vermelhas. Tartufo recolheu a cabeça e as patas para dentro da concha. Sabia de quem era aquela mão. E sabia o que iria acontecer em seguida.

— Muito bem, tartaruguinha, está na hora do seu banho — disse a mãe. — Não queremos que os meninos apanhem uma doença com você, não é mesmo?

A mão levou Tartufo para o banheiro e o colocou na pia. Um filete de água fria desceu da torneira acima dele. Em seguida veio uma substância oleosa, de cheiro gostoso.

— Primeiro, vamos lavar sua carapaça.

Uma escova de cerdas duras esfregou o alto da concha de Tartufo, que manteve os olhos e a boca fechados. A pior parte ainda estava por vir — a parte em que ele era virado ao contrário. Tartufo sempre ficava tonto.

Não deu outra: os dedos viraram sua concha para baixo.

— Agora, o seu plastrão.

A escova friccionou a parte inferior de sua concha. Tartufo sentiu uma grande dificuldade de respirar.

Por fim, o filete de água se transformou num jato vigoroso, que batia em sua concha e escorria para dentro, enquanto a mão o virava de um lado para o outro.

— Pronto. Agora, você está limpo e fresquinho. Fique aqui na pia enquanto vou buscar alface para você.

Tartufo detestava o cheiro enjoativo que ficava na concha, mas a menção à alface o animou. Torceu para que a mãe lhe trouxesse daquela que tinha deliciosas folhas verde-escuras, em vez da outra, com folhas claras e crocantes.

— Espinafre! Você hoje está com sorte! — Os dedos brancos empurraram uma folha larga e chata para seu rosto. — Saia e coma. Gostoso, gostoso! Vou trocar a água do seu aquário. Fique aí.

Como se eu pudesse ir a algum lugar, pensou Tartufo. Esperou que ela saísse e então pôs a cabeça para fora. Em seguida respirou fundo para sentir o cheiro da folha. Seu aroma fresco e penetrante relembrou Tartufo da brisa que entrava quando a mãe abria a janela perto de seu aquário. Cutucou a folha com a cabeça. Era lisa e elástica. Ele abriu a boca e deu uma mordida. Sentiu na língua um gostinho amargo delicioso. Que alface maravilhosa!

— Está na hora de voltar para seu aquário, Orelha-Vermelha.

Os dedos retiraram Tartufo da pia.

— Espere! Ainda não acabei! Quero mais! — Tartufo tentou sinalizar para a mãe, raspando com as patas sua palma da mão.

— Ah, que gracinha! Está contente porque os meninos vão chegar em casa daqui a pouco? — perguntou ela.

Tartufo recolheu rapidamente o pescoço, a cabeça, as patas e a cauda para dentro da concha. Concentrou-se para ficar imóvel como uma pedra. Essa foi sua única resposta.

LUDO 2

— Vamos jogar Banco Imobiliário! — gritou Jeff, ao entrar correndo na sala.

— Tá, eu vou ser o carro de corrida — respondeu seu irmão gêmeo, Josh.

— Também quero jogar! Eu vou ser o sapato! — disse Davy, o irmão caçula dos dois, pulando como um ioiô.

Em seu aquário na mesinha, Tartufo sentiu a movimentação dos meninos. Lentamente, despertou de seu cochilo de tartaruga. Detestava ser arrancado de seus sonhos. Estivera flutuando num mundão de água. Sentia o sol quente nas costas e a água fria nas membranas entre os dedos. Balançava suavemente de um lado para o outro. A sensação era maravilhosa. Então, os meninos chegaram.

Tartufo deu uma espiada em Jeff. O menino passou a mão na rala trilha de penugem castanha em sua cabeça e soltou um suspiro alto. Olhou para Davy pelas janelinhas dos olhos que se equilibravam sobre seu nariz.

— Você não pode jogar Banco Imobiliário, Davy. O jogador tem que saber ler e contar dinheiro. Você só tem cinco anos. Por que não vai ver um desenho animado?

Tartufo sabia o que aconteceria em seguida. Sentiu vontade de esconder a cabeça dentro da concha. Mas, se fizesse isso, deixaria de ver o truque fantástico de Davy.

Não deu outra: grandes gotas de chuva começaram a cair dos olhos do menininho.

— Eu quero! Eu quero! Isso não é justo! — gritava Davy. — Vocês têm que me deixar jogar!

— Meninos, venham lanchar, eu fiz brownies — chamou a mãe. Para alívio de Tartufo, Davy e os gêmeos saíram correndo da sala.

Tartufo tornou a se acomodar e tentou retomar seu cochilo de tartaruga. Sentindo o calorzinho gostoso da luminária cor de laranja, esperou que a sensação de estar flutuando voltasse.

Às vezes, durante seus cochilos de tartaruga, Tartufo via coisas que não compreendia. Ouvia zumbidos, silvos e borbulhas. Inspirava cheiros, ora agradáveis, ora desagradáveis. Sentia-se ao sabor da correnteza, leve como a asa de uma mosca. Estava quase cochilando outra vez quando uma mão melada o levantou.

— Vou jogar ludo com o Tufinho! — gritou Davy.

— Mamãe, manda o Davy colocar o Tartufo de volta no aquário! — gritou Jeff.

É, mamãe, é melhor mesmo, concordou Tartufo em silêncio. Não se esquecera da última vez que Davy o levara para fora. Tartufo adorara pisar na grama fresca e flexível. Adorara sentir o calor do sol em sua concha. Mas então Davy o enfiara no bolso de sua jaqueta e se esquecera dele até a manhã seguinte. As longas horas de escuridão passadas dentro do bolso de tecido áspero foram apavorantes.

— Ah, querido, deixe o Davy brincar com o Tartufo — respondeu a mãe de longe. — Ele adora essa tartaruga, não vai machucá-la.

Tartufo sentiu o punho de Davy apertá-lo e carregá-lo. Quando os dedos se abriram, Tartufo reconheceu o quarto de Davy. Era menor do que o aposento em que ficava seu aquário e tinha um monte de coisas de brincar. Tartufo torceu para que Davy não o fizesse dar uma volta na coisa chamada jipe de novo. Da última vez, Davy empurrara o jipe com tanta força que ele batera na parede. Tartufo passara um tempão tonto e enjoado.

Brincar com os humanozinhos duros de Davy era ainda pior. Às vezes o menino os enfileirava e fazia de Tartufo uma coisa chamada tanque. Então empurrava Tartufo contra eles até derrubar todos.

— Aqui, garoto, prova esse brownie.

Davy colocou Tartufo no prato que levara para lá.

Tartufo gostou da cor de terra do brownie. Farejou-o e engoliu em seco para sentir seu cheiro. O aroma era estranho e misterioso. Ele o cutucou com a cabeça. O brownie era fofinho. Tartufo experimentou um pedacinho.

Eca! O brownie deixava uma espécie de penugem na língua. Que nojo! E era tão doce que a garganta dele ficou doendo. Como Davy podia gostar daquele negócio?

Tartufo olhou para a cama de Davy e estremeceu. Lá estava Spike, o bicho verde e silencioso, com seu focinho comprido e achatado e suas fieiras de dentes pontudos. Tartufo sabia que era uma coisa de brincar, porque ele nunca se mexia, nem mesmo piscava. Ainda assim, havia qualquer coisa de ameaçador em Spike.

— Eu vou ser esse menino de cabelo castanho, e você pode ser o de cabelo amarelo, Tufinho — disse Davy, ajoelhado no chão, desdobrando um tabuleiro. — Ué, cadê o pião? Perdi o pião! — Ele olhou embaixo da cama. Vasculhou a cesta de lixo. Por fim, deu de ombros. — É, Tufinho, acho que você vai ter que ser o pião.

No momento seguinte, Tartufo estava deitado de plastrão para cima no meio do tabuleiro. Ele se pôs a agitar as patas no ar.

Davy deu um peteleco em sua concha, fazendo-o girar.

— Legal! Aponta, Tufinho! Aponta para um número!

Tartufo estava confuso e assustado. Escondeu a cabeça, as patas e a cauda dentro da concha. Uma coisa pontuda o seguiu e espetou sua cauda.

— Cosquinha, cosquinha com o meu lápis — disse Davy. — Aponta para o seis, Tufinho.

Tartufo se encolheu mais ainda dentro da concha. A coisa pontuda encostou em sua cabeça.

— Anda, Tufinho! Aponta!

— Ei, que é que você está fazendo? — Tartufo ouviu a voz de Jeff, o irmão de Davy.

— Estou tentando ensinar o Tufinho a apontar para um número.

— Não adianta ensinar os números para ele, Davy. Nem os números, nem coisa alguma. — Tartufo sentiu que o agarravam bruscamente. — Você não sabia? Ele é burro feito uma pedra. É só uma tartaruguinha estúpida!

De volta ao seu aquário, Tartufo não saiu da concha durante o resto da tarde. Não tentou procurar restos de ração na sua água, nem voltou ao seu cochilo de tartaruga. Ficou no fundo do aquário, exatamente onde fora largado. Como uma pedrinha burra.

MUNDO NATURAL 3

Jeff foi o primeiro a ir para a sala depois do jantar. Apanhou o controle remoto e se escarrapachou no sofá de flores vermelho-escuras, ocupando exatamente metade dele.

— Corre, Josh! Vai começar o *Mundo Natural*. Talvez eles passem de novo aquela reportagem sobre dinossauros.

— É, ou aquela sobre guerras de formigas! — Josh entrou correndo na sala com um saco de batatas fritas e se jogou na outra metade do sofá.

O título da reportagem daquela noite já aparecia na tela: TARTARUGAS DO MAJESTOSO MISSISSIPPI.

— Ih! Vai ver que é de lá que o Tartufo vem — disse Josh.

— É, do Majestoso Mississippi... ou de uma poça d'água. — Os dois meninos riram.

Tartufo não estava ouvindo. Estava tirando um cochilo de tartaruga. Em vez da água rasinha e sem graça do aquário, suas patas se moviam por um mundão de água. Era tão vasto que elas nem tocavam o fundo!

— Há mais de dois milhões de anos, apareceram as primeiras tartarugas verdadeiras — disse o narrador.

— Uau! Ouviu isso? — Jeff empurrou os óculos para o alto do nariz. — Quer dizer que os parentes do Tartufo já existiam antes mesmo dos dinossauros!

— É, as tartarugas são muito velhas. Vai ver que é por isso que cheiram tão mal. — Josh lançou um olhar para o aquário de tartaruga e tapou o nariz.

Mas Tartufo não viu. Ainda movia as patas no mundão de água. De repente, sentiu uma movimentação atrás de si. Alguma coisa mordera uma membrana de sua pata traseira! Ele se afastou.

Na tela, uma cientista exibia o fóssil de uma tartaruga enorme. *O* arquélon *pré-histórico media trinta metros e pesava duas toneladas*, dizia ela.

— Ih! — Jeff apontou para a tevê. — Essa tartaruga parece aquela professora substituta que deu aula para a gente na semana passada, a Tia Risco Total!

— Ha! Os flocos de caspa dela eram maiores que os da ração do Tartufo — disse Jeff, batendo com os punhos no sofá. — Taí, de repente é disso que a ração das tartarugas é feita, de caspa!

— Tufinho, olha, uma tartaruga enorme! Talvez seja seu avô — gritou Davy da porta.

Em seu sonho, Tartufo ouviu Davy chamando-o. Tentou ignorar o menino. Queria continuar no mundão de água.

— Tufinho, não quer ver seus amigos? Olha lá!

Não adiantou. Tartufo começou a acordar. As sombras oscilantes do mundão de água fluíram para a luz oscilante da tela da tevê.

Uma tartaruga gigante nadava em direção à câmera. Tinha uma enorme mandíbula adunca e pontas irregulares projetando-se de sua concha.

— A gente bem que podia dar o Davy para uma dessas comer! — Jeff deu uma palmada no joelho.

— Eu é que vou dar vocês para essa tartaruga comer — disse Davy a Jeff, atravessando o carpete em passos duros. — Chega pra lá, quero sentar.

— Não tem espaço.

Davy cruzou os braços e ficou bem na frente do sofá, tapando a visão dos gêmeos.

— Sai daí, não estou vendo nada! — Jeff empurrou Davy com o pé.

Enquanto os meninos brigavam, Tartufo olhava para a tevê, movendo sua cauda para os lados. Piscou os olhos. Então, existia outra tartaruga!

O sternotherus oderatus é popularmente conhecido como cágado-fedorento. Ele exala secreções malcheirosas quando é perturbado.

— Olha lá, Davy, é você! — gritou Jeff.

Josh riu tanto que caiu do sofá.

Um som de mergulho fez Tartufo pressionar o focinho contra o vidro do aquário para poder ver melhor. Na tevê, havia uma fileira de tartarugas de olhos brilhantes, todas com listras vermelhas nas orelhas. Uma a uma, elas deslizavam de um tronco e mergulhavam num mundão de água.

Quando mergulha, o cágado-de-orelha-vermelha funciona como um submarino em miniatura.

Tartufo tentou se apoiar no vidro do aquário, equilibrando-se sobre as patas traseiras.

— Ih! — gritou Davy. — Essas tartarugas se parecem com o Tufinho!

— Viu só? Eu tinha razão. Tartufo é mesmo do Majestoso Mississippi — disse Josh, apanhando uma almofada e batendo com ela na cabeça de Jeff.

Jeff o empurrou para trás.

— Pois sim. Tartufo do Majestoso Mississippi — debochou.

Enquanto os gêmeos lutavam, Davy tirou Tartufo do aquário e o levantou na altura da tevê.

— Olha lá, Tufinho — cochichou. — Esse rio é o seu verdadeiro lar. Ele se chama Majestoso Mississippi.

Tartufo não compreendia a maioria das coisas que a televisão mostrava. Mas, quando viu os cágados-de-orelha-vermelha nadando na corredeira de águas marrons, sentiu uma estranha atração. Suas patas membranosas começaram a se agitar na palma da mão de Davy.

Os cágados-de-orelha-vermelha gostam de comer lentilhas-d'água ou caçar insetos e pequenos peixes.

Tartufo encarava a tevê com os olhos cada vez mais vidrados. Uma minúscula barbatana prateada projetava-se da boca de um dos cágados na tevê. Tartufo experimentou uma misteriosa sensação picante na língua. Suas patas se agitaram mais depressa.

— Ô Davy, que é que você está fazendo? — Jeff tirou a cabeça de baixo de Josh. — Esse panaca não assiste tevê. Provavelmente os olhos dele nem estão conectados ao cérebro.

— Ele assiste tevê, sim. — Davy estendeu a palma da mão. — Olha, ele está tentando nadar para dentro da imagem.

— Ha, ha — Josh deu um riso debochado. — É a coisa mais engraçada que eu já ouvi na vida.

— Tufinho sabe nadar e caçar. O cara disse que ele é igual a um submarino — insistiu Davy.

— Tá legal. Tartufo, o Submarino. — Josh arrancou Tartufo da palma estendida de Davy e começou a correr pela sala. — Olha, Tartufo, o Submarino também sabe voar.

Tartufo queria ver mais sobre os cágados, mas a movimentação do vôo o estava deixando tonto. Infeliz, recolheu a cabeça e as patas para dentro da concha. Quando Josh finalmente parou, ele tornou a espiar para fora, mas agora só havia um humano na tevê.

Por ora, o boa-noite do nosso Mundo Natural *para o seu!*

— Olha aqui o seu mundo natural, panaca — disse Josh, rindo de desprezo. Largou Tartufo na água rasa do aquário e despejou lá dentro um pouco de ração. Alguns flocos caíram na concha de Tartufo, grudando-se nela.

— Come um pouco de caspa, panaca.

PAPÁ OU PAPÃO?

4

As luzes estavam apagadas, mas Tartufo não conseguia dormir. Ainda estava pensando na água rápida e marrom chamada o Majestoso Mississippi e nos cágados-de-orelha-vermelha que viviam lá.

Desejava poder perguntar a eles qual era a sensação de nadar numa água tão rápida. Distendeu as membranas das patas traseiras, fingindo estar nadando contra a correnteza. O luar claro entrava pela janela, iluminando seu mundinho de água — uma poça rasa, minúscula. Ele fechou os olhos, para não ter que vê-lo.

Passado algum tempo, a sensação de estar flutuando voltou. Ele viu água marrom correndo por cima e por baixo de seu corpo. Sentiu uma leveza e uma agilidade que fizeram seu coração disparar.

Começou a perceber cores e imagens. Algumas reconheceu como sendo de plantas, que pareciam estender suas folhas para ele. Outras eram criaturas que sabiam nadar, correr e voar. Suas vozes eram uma sinfonia de trinados, coaxos, pios e gritos.

Então ele viu um grande túnel escuro — um túnel estranho. Parecia haver dois longos dentes afiados pendendo do seu teto. Tartufo sentiu um calafrio. Tentou resistir ao túnel, mas não conseguiu diminuir a velocidade...

No dia seguinte, alegres piados de passarinhos despertaram Tartufo. Ele se sentia muito melhor. Uma leve brisa roçava sua carapaça e ondulava a água do aquário. Geralmente a mãe não deixava a janela aberta, mas hoje a vidraça estava empurrada até o alto. Tartufo respirou fundo. Tantos aromas novos! Úmidos, verdes, de dar água na boca. Ele desejou poder absorvê-los ao máximo.

Olhou para a janela aberta. O sol se derramava de um novo ângulo. Tartufo intuiu que o mundo exterior estava mudando. Ele próprio se sentia mudado. Deslizou para a água e ficou arrastando a carapaça de um lado para o outro do aquário.

Ouviu a porta da rua sendo batida, e pouco depois Davy entrou correndo no aposento.

— Tufinho, olha! Achei uma coisa para você comer! Vai fundo, arranca a cabeça dela com uma dentada!

Tartufo olhou para o comprido fio suspenso que se contorcia à sua frente. Era liso e se agitava em mil direções. De repente, o fio deu um tranco e se soltou dos dedos de Davy, indo cair na água, onde começou a se debater de uma maneira horrível. Tartufo se retraiu para dentro da concha.

— Ahhh, Tufinho, você não está com medo de uma minhoca boba, está? Vamos lá! Come ela!

Tartufo olhava o fio horroroso se contraindo e contorcendo. Não se mexeu.

— Ah, Tufinho! — Davy apanhou o fio e o atirou longe. — Você não sabe que tem que comer minhocas? Você não é nem mesmo uma tartaruga de verdade!

Dentro de sua concha, Tartufo sentiu algo se encolher. A sensação era pior do que a de ser largado, apertado ou mesmo posto de carapaça para baixo e girado como um pião.

Não é uma tartaruga de verdade, fora o que Davy dissera.

Se eu não sou uma tartaruga de verdade, então, o que sou?, perguntou-se Tartufo. Fechou os olhos, mas não sentiu nenhuma vontade de sonhar.

BOIANDO 5

Mais tarde, Tartufo observava o sol se pondo lentamente atrás das árvores. Ouvia os pássaros cantando as últimas canções do dia. Já estava quase na hora de os meninos irromperem pela sala adentro e se instalarem diante da tevê. Em vez disso, ele os ouviu fazendo a maior algazarra no armário que havia no vestíbulo. Foi quando a porta da rua bateu.

Logo a voz de Jeff chegava pela janela aberta:

— Eu bato primeiro!

— Tá. Que tal se eu arremessar dez para você e depois a gente troca? — Era Josh falando.

— E eu? Quando é que é a minha vez?

— Você não tem vez nenhuma, Davy. É o nosso primeiro jogo esta semana. Temos que praticar.

— Isso não é justo!

— Você pode jogar fora das bases, Davy.

— Não! Quero ser batedor!

— Me dá essa bola, Davy!
— Não!
— Davy...
— Ai! Tira a mão! Ei!

Tartufo imaginou, pelos gritos de Davy, que seus olhos estavam fazendo chuva de novo. Num instante, a porta da rua batia outra vez. Davy entrou na sala pisando duro e se postou diante do aquário de Tartufo, fungando. Enfiou um dedo imundo na água e a remexeu.

— Eles nunca me deixam brincar com eles, Tufinho.

Tartufo esticou o pescoço para fora, para mostrar que estava ouvindo.

— Eles acham que nós dois somos pequenos demais para fazermos qualquer coisa. Mas não somos, não é verdade, garoto?

Tartufo começou a arrastar-se pela rampa em direção à poça embaçada, suas unhas arranhando a superfície. Queria que Davy ligasse a tevê.

Davy observou Tartufo aterrissando com um baque na água rasa.

— É isso aí, garoto. Você sabe nadar melhor do que Jeff e Josh. Sabe até atravessar um rio gigantesco. — De repente, Davy levantou Tartufo. — Taí! Quer tentar?

Sem conseguir se conter, Tartufo agitou as patas na palma de Davy. Será que o menino iria mesmo levá-lo para o mundão de água? Tartufo encolheu-se todo dentro da concha quando Davy o enfiou num bolso da jaqueta.

A porta foi batida novamente. Através do tecido da jaqueta de Davy, o ar era mais frio. Tartufo tremia de excitação. Estavam do lado de fora!

— Ei, Davy, aonde é que você vai?
— Ver se a Amy quer jogar beisebol comigo.
— Mamãe deixou você ir até a esquina sozinho?
— Deixou!
— Mas daqui a pouco vai escurecer.

Tartufo ficou confuso. Gostava de Amy, a amiga de Davy. Uma vez, ela lhe dera um pedaço de uma árvore miudinha, deliciosa, chamada brócolis. Mas eles não estavam indo para o Majestoso Mississippi? Não fora o que Davy dissera?

Tartufo sacolejou no bolso de Davy quando o menino começou a andar mais depressa.

— Ei, Davy! Se você vai jogar beisebol, cadê sua luva?
— Eu uso a da Amy.

Tartufo se viu jogado para cima e para baixo quando Davy disparou numa carreira.

— Estamos quase lá, garoto.

Através da jaqueta, Tartufo podia sentir os dedos de Davy fazendo-lhe festinha. As sacudidas e solavancos já o estavam deixando tonto, quando finalmente pararam.

— OK, garoto — sussurrou Davy. — Conseguimos. A trilha é logo ali.

Dentro do bolso de Davy, Tartufo se concentrava em cada som. O fôlego curto de Davy. Gravetos partidos, folhas farfalhando. Zumbidos, chilreios e algaravia.

— Chegamos, garoto. — Davy parou e tirou Tartufo do bolso. — Olha! — Levantou Tartufo para que ele visse.

Tartufo piscou os olhos, assombrado. O mundão de água à sua frente era brilhante e escuro, cercado por plantas de todos os tamanhos e tons de verde. Ainda assim, era muito calmo — em nada parecido com a corredeira furiosa que Tartufo vira na tevê.

Talvez a água esteja tirando um cochilo, pensou ele. Talvez acorde mais tarde.

Davy agachou-se na lama.

— Tudo bem, Tufinho, primeiro vou deixar você sentir a água. — Sem soltar Tartufo, mergulhou-o na água fria. Suas patas membranosas começaram a empurrar. — Quer experimentar boiar agora? É fácil.

Davy soltou Tartufo, e ele sentiu a água fria balançando embaixo de si, lambendo sua concha como se fosse engoli-lo. Suas patas empurraram com mais força. Para seu assombro, o mundão de água o sustentava!

— Uau, Tufinho! Você não é só um iniciante. Você é um iniciante avançado! — exclamou Davy.

Tartufo continuou a agitar as patas. Chegou a avançar um pouquinho, mas a maior parte do tempo apenas balançou para cima e para baixo. O mundão de água o fazia se sentir leve e livre. Se isso era boiar, ele gostava!

— Vamos lá, Tufinho, dá uma nadadinha por aí! — Com a palma da mão, Davy bateu na água perto de Tartufo.

Ele agitou as patas mais depressa quando as ondinhas o balançaram. Moveu a cauda para os lados, a fim de se equilibrar.

— Isso mesmo, Tufinho, vai nadando! Vai nadando até a outra margem do Majestoso Mississippi! — Davy abriu bem os braços e avançou mais dentro da água.

Ondas maiores embalavam Tartufo. Ele agora desejava que o menino o apanhasse. Suas patas começavam a se cansar. Mas, quando Davy se inclinou, foi apenas para pegar um graveto que flutuava a pouca distância.

— Da-vy! Da-vy! Onde você está?

— Epa. É mamãe, Tufinho.

— Davy! Se está aí, é melhor sair já!

— É, ou eu e o Josh vamos entrar e pegar você!

Davy arrastou o graveto pela água, fazendo grandes curvas em forma de S.

— Os dois não me deixaram jogar beisebol. Eu não tenho que deixar os dois nadarem comigo. Certo, garoto?

Sem nada poder fazer, Tartufo rodava no torvelinho formado pelo graveto que Davy girava. Gostaria que o menino respondesse ao chamado da mãe. Estava começando a sentir um frio horrível. Precisava ir para casa e tirar um cochilo de tartaruga.

— Da-vy! Onde você está? Venha para casa, querido!

Agora Davy estava com a água praticamente pela cintura. Ele lançou um olhar por cima do ombro.

— Está ficando tarde, Tufinho — murmurou. — A gente não pode ficar por aí depois que escurece, entende?

— Da-vy! Você está perdido? Não tenha medo!

Davy deu um soco na água, fazendo-a espirrar.

— Nós não somos bebês! Não estamos com medo! Certo, Tufinho?

Tartufo esticou o pescoço para fora. O sol se punha cada vez mais, deixando listras de um roxo rosado atrás de si. Aqui, no Majestoso Mississippi, o céu parecia mais bonito. E também maior e mais assustador.

— Da-vy, você está na floresta? Por favor, responda! Está me assustando!

Davy olhou para suas roupas molhadas.

— É a mamãe, Tufinho. Ela vai ficar furiosa quando me encontrar. Talvez seja melhor a gente se esconder.

— Da-vy, por favor, por favor, responda!

Davy suspirou.

— Acho melhor dizer para ela que a gente está bem. — Inclinou-se e apanhou Tartufo com as mãos em concha. Em seguida veio avançando em passos pesados para fora da lagoa, filetes de água escorrendo de suas roupas molhadas.

— Davy, saia já daí!

— É isso mesmo, Davy! Se não sair, nós vamos pegar todas as suas tralhas, o jipe, os soldados, o jacaré de pelúcia e...

— Quer calar essa boca, Jeff?

Assim que chegou à margem do rio, Davy parou.

— Você é que tem sorte, Tufinho. Não tem nenhum irmão idiota. Ou uma mãe que pensa que você é um bebê. Você pode fazer o que quiser. — De repente, ele se virou de novo para a água. — Ei, Tufinho, quer dar uma última nadadinha? Eu vou buscar Josh e Jeff. Espera só até eles verem como você nada bem. Melhor do que eles! — Davy recuou o braço e atirou Tartufo o mais longe que pôde. Em seguida, desapareceu pela trilha abaixo.

SEGUNDA PARTE

SAUDADES DE CASA

6

Tartufo sentiu que flutuava. Abriu os olhos e esticou o pescoço para fora. O mundão de água estava por toda parte ao seu redor. Só que agora estava escuro — e gelado. As patas de Tartufo estavam tão rígidas que ele não pôde deixar de sentir saudades de sua luminária cor de laranja. E de seu lar.

De repente, lembrou-se de que Davy o arremessara longe na água como se fosse um brinquedo de que tivesse enjoado. Tartufo sentiu uma dor dentro de seu plastrão. Prestou atenção, para ver se Davy o chamava. Mas, embora tenha ouvido pios e pipilos, gritos e coaxos, não ouviu Davy. Lembrou-se de que o menino já o esquecera antes. Desta vez, pelo menos, fora deixado em um lugar onde podia respirar facilmente.

De manhã, Davy vai se lembrar de mim e voltar, pensou Tartufo. Vou só nadar até a margem e esperar por ele na clareira entre as árvores.

Mas onde ficava a clareira? Tartufo arriscou um olhar ao seu redor, mas, quando agitou as patas, só conseguiu se mover para a frente. Experimentou esticar o pescoço para o lado, de modo a que seu corpo o seguisse. Mas continuou a se mover para a frente. Por fim, resolveu usar sua cauda. E descobriu que, quando a apontava numa direção ao nadar, o corpo virava na direção contrária.

Tudo que pôde avistar na margem foram vultos negros de árvores e arbustos. No escuro, pareciam criaturas gigantescas e assimétricas. Tartufo estremeceu. Estava com frio, cansado e morto de medo — além de tonto, por nadar em círculos. Vou nadar até algum lugar e esperar, decidiu ele. Quando o sol sair de novo, Davy certamente vai me encontrar.

Pela manhã, uma claridade intensa acordou Tartufo, levando-o a franzir os olhos dentro da concha. Em vez de portas batendo e meninos brigando, ele ouviu pios de pássaros e farfalhar de folhas. Esticou a cabeça para fora. Estava cercado por um emaranhado de capim alto. Com a pata dianteira, afastou-o para o lado e deparou com um mundão de água imenso como jamais vira na vida. De uma água escura, cintilante e cinza-esverdeada. De uma água ondulada, oscilante e maravilhosa. De uma água que era o Majestoso Mississippi!

Mas onde estava Davy? Em casa, os meninos deviam estar disputando caixas de cereais. Correndo de um canto para o outro atrás de livros e sapatos. Batendo a porta com estrondo.

— Nunca imaginei que o Majestoso Mississippi fosse tão lindo... e tão deserto — Tartufo pensou em voz alta. — Achei que haveria outras criaturas.

— E o que você acha que eu sou? — perguntou uma voz mal-humorada.

Tartufo olhou em volta. Não viu ninguém. Abriu a boca e respirou fundo, nervoso. Alguma coisa fedia a folhas podres e lixo humano. Ele fechou a boca de estalo.

— Você é surdo? — resmungou a voz. — Ou apenas mal-educado?

— Eu... Eu achei que podia estar sonhando — respondeu Tartufo. — Onde você está?

— Só um segundo. — Debaixo da água rasa diante do tufo de capim de Tartufo, a lama começou a se mexer. Revolveu-se, balançou-se e, por fim, ergueu-se, formando um montinho arredondado. Quatro patas membranosas projetaram-se de baixo do montinho. Em seguida, arrastaram-se até mais fundo na água, e o torrão lamacento desapareceu completamente.

Sob o olhar espantado de Tartufo, um cágado surgiu em seu lugar. Tinha uma carapaça lisa, uma cauda curta e pontuda e uma lustrosa faixa branca cobrindo as orelhas. Tartufo achou o cágado muito bem-apessoado.

— Eu sou *Sternotherus oderatus* — anunciou o cágado.

Tartufo soltou um "oh!" de surpresa — e, ao fazê-lo, inspirou o mau cheiro de novo.

— Você é um cágado-fedorento!

— Esse é apenas um termo popular. Prefiro meu nome em latim. Mas pode me chamar de Federico. Pertenço a uma família de cágados-de-lama e cágados-almiscarados.

Tartufo recuou um pouco a cabeça.

— Eu sou Tartufo. Pertenço a uma família de meninos.

— É mesmo? — Federico nadou para mais perto do capim lamacento. Ficou boiando na frente de Tartufo, enquanto analisava sua cabeça, o tamanho de sua concha e a espessura de sua cauda. — Para mim, você parece um cágado.

— E sou mesmo... do Majestoso Mississippi. Exatamente como você.

— Como assim? — Um bafo de ar fétido emanou da parte inferior da concha de Federico.

— Quero dizer que nós dois somos do Rio Mississippi — respondeu Tartufo. — Este mundão de água em que estamos.

Federico fechou a boca bruscamente.

— O Rio Mississippi? Ha! Isto aqui é só uma lagoa. Um rio é comprido e cheio de curvas. E rápido como uma enchente. — Olhou para Tartufo com os olhos franzidos e o focinho empinado. — Será possível que você não saiba coisa alguma?

Tartufo escondeu metade da cabeça dentro da concha.

— Sei que meu verdadeiro lar é o Majestoso Mississippi. Ouvi isso na tevê.

— O que é tevê? — perguntou Federico.

Tartufo tornou a esticar o pescoço para fora. Como então, aquele cágado malcheiroso não sabia tudo!

— Uma tevê é uma caixa com um olho tão grande que pode ver qualquer lugar. E ela também fala.

— Não diga. — Federico boiou em silêncio por um momento, com a cabeça levantada, como se escutasse algo. — Estou com fome. Que tal se fôssemos comer alguma coisa?

Tartufo também estava com fome. Não comera um so floco de ração na noite anterior. Sentiu uma súbita pontada de tristeza ao se lembrar de sua casa e de seu aquário.

— Você tem alface? — perguntou.

— O que é alface?

— Uma folha verde e achatada. Larga e tenra. — Seu queixo tremeu com a lembrança.

— Temos um monte de folhas largas e verdes por aqui — disse Federico. — Grandes, pequenas, lisas, peludas, redondas, ovais, crespas... A que tipo você se refere?

Tartufo ficou tão desconcertado que não pôde responder.

— Para ser franco, de manhã prefiro caçar — disse Federico. — Nada como uma refeição viva para dar energia a um cágado.

Tartufo observou o cágado-fedorento com mais atenção. Federico era maior do que a mão da mãe. Já Tartufo era tão pequeno que cabia tranqüilamente na mão de Davy.

— Uma refeição viva? — perguntou. — Acho que nunca fiz uma.

Espantado, Federico bateu os maxilares com força.

— Nunca comeu uma mosca? Nem um mosquito, nem uma pulga? Nem uma larva, nem um pulgão, nem uma minhoca? Mas o que é que você caça?

Tartufo teve vontade de desaparecer no capim do brejo. Em vez disso, respondeu com sinceridade:

— Tudo que já comi na vida foram flocos de ração e folhas de alface. — Sua voz se tornou um sussurro. — Eu era um bicho de estimação.

— Mas você disse que era de um rio. O Majestoso Mississippi.

— E sou. Pelo menos, acredito que esse seja o meu verdadeiro lar.

Federico pescou um pedacinho de folha que deslizava na água e se pôs a mastigá-lo lentamente.

— Você precisa aprender a caçar e a procurar comida. Vem que eu te ensino.

Tartufo hesitou. Se fosse com Federico, como Davy iria encontrá-lo?

— Qual é o problema? Meu cheiro está incomodando você? — perguntou Federico. — Isso sempre acontece quando conheço alguém. Ou quando fico nervoso. Sinto muito, mas não posso fazer nada.

— Não é isso — respondeu Tartufo. — É que eu ia ficar aqui esperando pelo Davy, o meu menino. — Ao se lembrar de Davy, Tartufo sentiu uma ferida doer dentro de si, como se uma pedra dura o arranhasse por baixo do plastrão.

— Você tem um menino? — perguntou Federico. — Você deve ser muito corajoso.

Tartufo lançou um olhar tenso para o mundão de água. Lembrou-se de como ficara gelado à noite, de como fora difícil nadar e de como ficara apavorado. Não se sentiu nem um pouco corajoso.

— Eu tinha três meninos no lugar em que vivia — disse.

— Três! — Federico bateu os maxilares, assombrado. — Os meninos que já vi eram muito perigosos. Um deles matou a minha pobre Minerva.

— Quem era Minerva?

— Ela ia dar à luz meus filhotes. Mas um dia dois meninos apareceram por aqui e atiraram pedras na água. Pedras grandes, afiadas. Uma delas caiu no baixio em que Minerva estava escondida, e rachou a sua concha.

O aroma penetrante de Federico fez Tartufo fechar bem a boca.

— Isso é terrível. Mas os meninos com quem eu vivia eram inofensivos.

— Talvez sim, talvez não. Se eu fosse você, ficaria longe de todos os meninos. — Federico agitou as patas, nadando para a parte mais funda da lagoa. — Muito bem, vamos lá!

Tartufo estava morto de fome.

— Tudo bem. Acho que posso procurar o Davy mais tarde — disse, afastando o capim da sua frente.

— Mais uma coisa — disse Federico, de longe, sem se virar. — Se eu fosse você, não contaria a ninguém que é do Majestoso Mississippi.

— Por que não?

Mas Federico já estava muito à frente e pareceu não ouvir.

VAMOS CAÇAR

7

No começo, Tartufo se esforçou ao máximo para nadar atrás de Federico. Porém, sentia-se desajeitado e inexperiente, incapaz de acompanhar seu ritmo, e logo desistiu de tentar. Suas patas, então, relaxaram, adquirindo um ritmo estável — e seu nado tornou-se mais tranqüilo e mais fácil. Foi maravilhoso!

Mesmo assim, em pouco tempo ele se cansou. Sentiu medo de ter se perdido no mundão de água, e também não queria ficar sozinho de novo. Por fim, Federico parou em um lugar onde flores brancas flutuavam ao lado de folhas verde-escuras, muito parecidas com as da alface. O queixo de Tartufo começou a tremer de excitação. Ele abriu a boca para dar uma mordida.

— Eca! — exclamou.

— Bem feito por tentar comer a comida de outro bicho!

Um animal peludo, de focinho pontudo, passou nadando bem ao lado de Tartufo, carregando uma folha daquelas na boca. Tartufo se escondeu depressa na concha.

— Não liga para ele. É Rato-Almiscarado — disse Federico. — Ele acha que toda esta zona de lírios-d'água é dele.

— E é mesmo — murmurou Rato-Almiscarado, a boca ainda prendendo a folha com força. Tartufo ficou pasmo de ver como aquele bicho peludo nadava bem. Era um pouco parecido com os esquilos que ele costumava observar na árvore em frente à sua janela, a não ser pelo rabo estranho, pelado.

— Esse bicho guloso tentou comer justamente esta folha em que estou sentado! — reclamou uma voz grossa.

Federico exalou um cheiro horrível.

— Pelo menos Rato-Almiscarado não come tudo que vê como vocês, sapos-boi, Bruto.

Sapos-boi? Tartufo nadou até mais perto para ver quem estava falando. Tudo que enxergou, porém, foi a superfície lisa e lustrosa da água, com suas flores e folhas oscilantes. De repente, uma das folhas começou a agitar as patas traseiras, sob o olhar espantado de Tartufo. A folha era um bicho! Um bicho de cabeça larga e achatada. Olhos grandes e redondos que pareciam prestes a saltar das órbitas. E uma boca tão larga que se estendia de uma orelha à outra.

A boca se abriu.

— Você está é com inveja, Cágado-Fedorento — disse a voz grossa. — Você comeria muito mais coisas se conseguisse apanhá-las. Mas, quando a presa sente seu cheiro se aproximando, foge. Quer saber? Até eu fico com vontade de saltar fora desta lagoa!

Como que para provar o que dizia, o bicho saltou da água para uma folha de lírio-d'água bem ao lado de Tartufo.

— O que são esses negócios vermelhos nas suas orelhas? — indagou o sapo-boi.

— Manchas da minha espécie — respondeu Tartufo, nadando para trás. — Sou um cágado-de-orelha-vermelha.

— Nunca vi um de vocês por aqui antes. Cadê o resto da sua família?

— A espécie dele também é de solitários, como nós, *Sternotherus oderatus* — disse Federico antes que Tartufo pudesse responder.

— Como vocês, *cágados-fedorentos*, você quer dizer.

— Não acho que Federico cheire tão mal assim — disse Tartufo, desejando que o grande sapo-boi verde os deixasse em paz.

— Pelo menos Federico não obriga todo mundo a passar a noite em claro com os shows de exibicionismo bobo que vocês, sapos-boi, dão — veio do alto uma voz de taquara rachada.

Tartufo esticou o pescoço para cima e inclinou a cabeça. Sentado em um galho de árvore acima da água, estava um pássaro com plumas de um azul intenso.

— Você é lindo! — exclamou Tartufo.

— E talentoso, também — disse o pássaro a ele. — Gostaria de me ver apanhar um peixe?

— Gostaria — respondeu Tartufo.

O pássaro exibiu suas vistosas asas azuis e brancas. Em seguida, mergulhou na água de ponta-cabeça. No momento seguinte, reapareceu com um peixe se debatendo no bico e voou de volta para o galho.

— Muito bom — disse Tartufo.

— Ah, Martim-Pescador ainda não acabou — disse Federico a ele. — Espia só.

Tartufo tornou a olhar para o deslumbrante pássaro, franzindo os olhos. De repente, ele virou a cabeça, batendo com o peixe no galho várias vezes. Triunfante, o pássaro inclinou a cabeça para trás e deixou que o peixe deslizasse por sua garganta abaixo.

Tartufo torceu para que não tivesse de bater desse jeito em suas presas. Mesmo assim, ver Martim-Pescador comendo deixou-o com mais fome do que nunca.

— Federico, o que vamos caçar? — perguntou.

— Minhoquinha muito gostosinha — disse uma voz baixinha.

Tartufo espiou embaixo de uma flor aquática e viu um bicho de um verde quase preto, com pintas amarelas, boiando tranqüilamente. Achou que ele próprio parecia uma minhoca, só que com quatro patas.

— Não gosto nem um pouco de minhocas — disse Tartufo ao tímido bicho.

— Crroc-crroc? — coaxou o sapo-boi. — Nunca conheci um cágado que não gostasse de minhocas. De onde você disse que é?

— Eu não disse. — Tartufo nadou para trás, escondendo-se parcialmente sob um lírio-d'água.

— Então, o que você come?

— Ra... ração — disse Tartufo. — Alface.

— Nunca ouvi falar. — O sapo-boi pulou para a beira da folha flutuante e observou Tartufo mais de perto. — Acho que você não é mesmo daqui.

— Sou, sim. Quer dizer, sou e não sou. Eu vivia numa casa com pessoas logo atrás da floresta — confessou Tartufo.

— Ha! Um bicho de estimação! Eu sabia! — gritou o sapo-boi. — Nós tivemos um sapo de estimação por aqui uma vez. Ele era mais medroso do que a salamandra pintada ali. Tinha medo até de minhoca!

Tartufo ficou imaginando o que teria acontecido com aquele sapo. Mas não perguntou.

— Ah, vai catar mosquinhas, Bruto! — disse Federico, ríspido. — Algum dia esse cágado-de-orelha-vermelha vai ser um ótimo caçador.

— Ha! Essa porqueirinha lerda? O que faz você pensar assim, Cágado-Fedorento?

Tartufo já estava farto dos insultos daquele sapo-boi.

— O fato de meu verdadeiro lar ser um rio grande e rápido, um lugar onde vivem os mais poderosos animais: o Majestoso Mississippi! — anunciou, esquecendo-se do aviso de Federico.

Sem mais nem menos, o martim-pescador voou, o sapo-boi mergulhou para baixo de um lírio-d'água, o rato-almiscarado nadou até a margem e a salamandra pintada desapareceu sem provocar a menor ondulação na água.

Tartufo nadou em um círculo.

— O que aconteceu? Para onde foi todo mundo? — perguntou.

Federico abocanhou alguma coisa na superfície da água e mastigou-a calmamente.

— Você não devia ter mencionado o Majestoso Mississippi. Esse nome deixa o pessoal com medo.

— Mas por quê?

— Por causa do boato. Se quer saber minha opinião, a gente já tem muito com que se preocupar para...

— Boato? O que é isso?

— Blablablá. Uma informação indigna de crédito proveniente de uma fonte incerta. Provavelmente, apenas uma invenção de alguma criatura assustadiça como a salamandra pintada. Ao contrário da fome, que é indiscutível, *e que estou sentindo neste exato momento!* — Federico se pôs a nadar de costas. — Vem, vamos comer!

VIDA DE CÁGADO

8

— Fica abaixado e olha com atenção — sussurrou Federico quando ele começou a nadar em volta dos lírios-d'água.

Tartufo se esforçava para manter a concha debaixo d'água. Como Federico, apenas seus olhos e focinho apareciam acima da superfície.

— Olhar para onde? Para o quê? — perguntou, de longe.

— Shhh! Assim você vai afugentá-la. — Federico parou de nadar ao lado de um botão de flor cheiroso. Virou a cabeça na direção da flor e ficou imóvel.

— Afugentar quem? — perguntou Tartufo, em voz mais baixa.

— A comida — cochichou Federico. — Ali, logo acima da flor.

Tartufo esticou o pescoço, piscando e franzindo os olhos, mas não viu nada ali para comer. A boca de Federico rapidamente se abriu e fechou, e logo se pôs a mastigar.

A comida aqui deve ser invisível, pensou Tartufo. Seu estômago vazio começava a entrar em desespero.

— Acho que eu não sei olhar direito — disse.

— Vem comigo e presta atenção. — Federico começou a nadar de novo. — Está vendo aquele raio de luz ali, atrás das folhas? — Meneou a cabeça em direção a um ponto de água cintilante no extremo da zona de lírios-d'água.

Tartufo estreitou os olhos.

— Você quer dizer ali, onde está brilhando?

— Exatamente. Essa cintilação que você está vendo é mais do que a luz do sol. São asas esvoaçando. Asas de mosquitos. Tantos que nem dá para contar. Você precisa aprender a ver cada um.

Tartufo observou a claridade com atenção. Parecia pulsar, latejar. Tentou se concentrar, seguir um único ponto. Mas era como tentar distinguir uma gota de chuva numa tempestade.

— Não consigo.

— Consegue, sim. Você tem que continuar tentando — respondeu Federico. Com as unhas afiadas de suas patas dianteiras, içou-se para cima de um dos lírios-d'água. — Ser cágado exige persistência.

Tartufo tentou imitar Federico. Deslizou até uma folha de lírio e a agarrou com suas unhinhas afiadas. Mas a folha era escorregadia e balançava. Mal tinha ocupado metade da folha, *tchibum!*, ele deslizou de volta para a água.

Deslizar era divertido! Tartufo teve vontade de fazer aquilo de novo, quando sentiu Federico exalando seu cheiro de podridão. Dessa vez com mais cuidado, tentou escalar a folha. Ela balançou um pouco, mas ele se segurou firme.

Virou a cabeça para a torrente de luz e franziu os olhos até sua visão ser dominada pela luz pura, brilhante. Esperou. Depois de algum tempo, formas ínfimas começaram a aparecer dentro do raio. Tartufo sentiu um sobe-e-desce no estômago. Avistou uma luz minúscula piscando. Rápida como o mais curto dos suspiros, ela desapareceu. Tartufo ficou totalmente imóvel. Viu outro clarãozinho, dessa vez mais intenso — um só par de asas.

— Federico, estou vendo um! — cochichou. — Anda! Vamos pegá-lo!

— Calma — disse Federico. — Presta atenção e me diz o que está ouvindo.

Tartufo concentrou-se nos sons.

— Passarinhos — respondeu depressa. — A brisa no capim. As folhas farfalhando. A água se agitando. E... e... asinhas minúsculas batendo por toda parte.

Federico bateu os maxilares no ar.

— Isso mesmo! Mosquitos, moscas, pulgas, mariposas, efeméridas... Você está ouvindo a sua comida.

— Tem mais alguma coisa que eu precise aprender? — perguntou Tartufo. Estava começando a se sentir fraco de fome.

— O toque. — Federico bateu com a cauda na folha de lírio. — Você tem que sentir as ondulações da água. Os passos rápidos cruzando sua concha. O movimento da lama

embaixo de suas patas. — De repente, Federico se retesou.
— Shhh!

— O que foi? — perguntou Tartufo, alarmado.

— O doce lamento de um mosquito. Lá vou eu tomar meu café-da-manhã; já está ficando tarde. Bom apetite! — Federico deslizou para a água e afastou-se nadando.

— Espera! Onde eu vou encontrar você? — perguntou Tartufo.

— Não vai... durante algum tempo. Depois de comer, eu tiro um cochilo debaixo da lama. Sozinho.

— Ah. — Tartufo tentou não parecer decepcionado.

— De tarde, vou estar na pedra de apanhar sol, bem no meio da água. Se quiser, pode me fazer companhia lá — propôs Federico.

No meio do mundão de água. Tartufo se perguntou se algum dia seria capaz de nadar até tão longe. Ou ser um cágado de verdade, como Federico. E se continuasse bobinho e indefeso para sempre?

— Tartufo! Esqueci o mais importante de tudo! — Era a voz de Federico, já longe. — Quanto mais você come, maior você fica. Quanto maior você fica, mais difícil é de ser engolido!

Tartufo cravou as unhas na folha de lírio.

— *Engolir?* Você disse *engolir?*

Mas Federico já tinha desaparecido.

CROCANTE, DURINHO, GOSMENTO, MOLHADINHO

9

Tartufo continuou nadando em direção às torrentes de luz. Porém, cada vez que se aproximava, a zona cintilante de mosquitos parecia desaparecer. Ele logo ficou exausto. É melhor eu tirar um cochilo, pensou. Um pouco de descanso é capaz de me ajudar a nadar mais depressa.

Dessa vez foi mais fácil subir numa das folhas largas e oscilantes. Tartufo descansou tranqüilamente, deixando que o sol aquecesse sua carapaça. Esperou que a sensação de estar flutuando chegasse, trazendo cores, cheiros e sons.

Em vez disso, um som lamurioso e áspero invadiu seus ouvidos. Não era como o das lutas dos gêmeos ou o do choro de Davy. Despertava algo diferente em Tartufo. Sentiu um latejamento acelerado em sua garganta. Seu queixo se retesou. As membranas entre seus dedos tremeram. Virou a cabeça para os lados, à procura. Por fim, conseguiu vê-la.

Uma mosca rechonchuda e verde pairava sobre uma flor branca. Depois voou para dentro dela e logo saiu. Tartufo perdeu as esperanças ao vê-la afastar-se em alta velocidade.

Porém, no momento seguinte, a mosca voltava. Tartufo ficou em silêncio. Sentiu o toque levíssimo de uma asa em sua concha.

A mosca não sabe que eu sou eu!, deu-se conta.

A mosca tornou a voar para dentro da flor. Quando reapareceu, suas patas estavam cobertas de um grosso pó amarelo. Por um momento, ela pairou acima da flor. Em seguida, afastou-se lentamente, bem na direção de Tartufo.

Ele abriu e fechou a boca em um átimo de segundo.

Uma sensação salgada e picante se espalhou pela língua de Tartufo. Ele mal podia acreditar como uma mosca era deliciosa. As patas eram ásperas e crocantes. Quando Tartufo as mordeu, fizeram o mesmo barulhinho de *croc-croc* que ele ouvia quando os meninos comiam batatas fritas. As asas também eram deliciosas! Levinhas, fininhas, ainda mais delicadas do que flocos de ração. Ávido, Tartufo provou a cabeça. Gostou da textura nervuda e do modo como seus maxilares tiveram de trabalhar. Uma gosma escorreu por sua garganta. Ele engoliu várias vezes, até não ter mais um pedacinho de mosca na língua.

Tartufo deslizou da folha de lírio para a água. Queria mais! Ficou boiando em silêncio, olhando e prestando atenção aos sons, alerta a quaisquer toques na concha ou ondulações na superfície.

Pouco depois, seus ouvidos captaram um zumbido finíssimo. *Iiiiiiii*. "Comida!", sussurrou Tartufo. Sua mandíbula se retesou, e as membranas em suas patas tremeram.

As vibrações tornaram-se mais rápidas e mais altas. Os olhos de Tartufo se cerraram em dois traços horizontais. No momento seguinte, ele avistou um bicho horrível de feio. Tinha um corpo inchado e vermelho, e pernas compridas e peludas. Logo abaixo dos olhos pretos e saltados, projetava-se um tubo pontudo. Tartufo percebeu que já conhecia a criatura. Era um mosquito.

Davy e os irmãos odiavam mosquitos! Sempre que entrava um na casa, eles tentavam matá-lo com uma paulada. Ainda assim, algo dentro de Tartufo o fazia desejar intensamente aquele mosquito. Ele afundou mais na água e o seguiu. O mosquito o levou até o banco de lama. Tartufo saiu da água e se embrenhou entre as plantas altas e finas.

De repente, ouviu uma voz estridente gritar:

— Fique longe dos ovinhos.
Sei chutar, tenho pezinhos!

Tartufo estacou. Escondeu a cabeça e as patas dentro da concha.

— Qu-quem está aí? — gaguejou.

— É melhor não tentar nada,
Ou te dou uma patada!

— Não estou tentando nada — respondeu Tartufo. — Estava só seguindo um mosquito.

Chegue perto deste ninho
E vai virar picadinho.

Seria essa uma das criaturas que poderiam engoli-lo? Tartufo ficou apavorado.

— Não tive a menor intenção de perturbar o seu ninho. Vou embora.

— Acho bom, e bem depressa,
Antes que eu perca a cabeça.

— Tudo bem, já estou indo. — Tartufo já ia se virando, mas parou. Procurando fazer o mínimo de barulho possível, rastejou até a borda de uma pequena clareira e espiou entre as folhas de capim.

Tartufo já tinha visto os ninhos dos passarinhos e dos esquilos nas árvores em frente à sua janela. Mas nunca vira um ninho no chão como esse. Era um morro alto e arredondado de capim seco, gravetos e lama. Tartufo se perguntou quem seria seu dono. O único bicho à vista parecia ser um sapo. Não o sapo-boi antipático na zona dos lírios-d'água, mas um sapo minúsculo, marrom-claro, ainda menor do que Tartufo, que estava empoleirado na beira do ninho grande.

Talvez a criatura feroz esteja no fundo, pensou Tartufo. E decidiu ir ver.

— Com licença! Sem querer ser indiscreto, quantos ovos você tem? — perguntou de longe.

O sapo naniquinho abriu a boca e gritou:

Se um só dos ovos roubar,
Você vai ser meu jantar!

Tartufo piscou os olhos, perplexo. Fora enganado por uma criaturinha menor do que ele! Esticou mais o pescoço e declarou:

— Não estou tentando roubar seus ovos. E também não tenho medo de você. — Arrastou-se até o ninho compacto e redondo e espiou o pequeno poeta. — Esse ninho grande é seu? — perguntou.

— Ele pertence à Mamãe Quá.
Eu vigio até ela voltar.

— Mamãe Quá? Ela é muito feroz? — Tartufo esticou o pescoço para fora e olhou de um lado a outro.

Ela é um amor de pata,
Mas teve uma sorte ingrata!

Tartufo observou o sapo com mais atenção. Suas perninhas miúdas mal davam para expulsar um mosquito a pontapés. Ele também não parecia ter um único dente. Nem tinha concha.

— Como um bicho tão pequeno como você pode proteger esse ninho? — perguntou Tartufo.

— Tenho orgulho, e admito,
Do barulho do meu grito.
Se eu chamar a Mamãe Quá,
Ela logo vai voltar!

A criatura minúscula saltou para o chão diante de Tartufo. Tinha uma marca escura em forma de X nas costas e um rabinho curto e grosso.

— Para que são essas linhas nas suas costas? — perguntou ele.

— Vou explicar: sou Sapeca,
A pulante perereca.
Essa marca é natural
Na minha espécie animal.

— Ah, como as listras nas minhas orelhas. — Ele virou a cabeça de um lado para o outro, a fim de que ela visse suas listras vermelhas. — Sou Tartufo, um cágado-de-orelha-vermelha. Meu lar é um grande rio — disse. Para sua surpresa, Sapeca saltou na sua carapaça.

> *— Gostei da sua carapaça,*
> *Em você fica uma graça.*
> *Também posso nela entrar,*
> *Se isso não te incomodar?*

— Desculpe, mas acho que só tem espaço para um — disse Tartufo a ela. Mas estava gostando das cócegas que seu corpo levinho lhe fazia nas costas. — Hum, Sapeca, contra quem você está protegendo esse ninho?

> *— Inimigos velhos ou novos;*
> *Qualquer um que devore ovos.*
> *Não faz muito pegaram dois,*
> *E seu pobre papai depois!*

Tartufo escondeu a cabeça na concha.
— Um bicho devorou dois ovos? E o pai deles? — Sentiu Sapeca tremer no alto de sua carapaça.

> *— Por toda a noite até o sol raiar,*
> *Com valentia lutou Papai Quá.*
> *Quando por fim se foi a horrível fera,*
> *O coitadinho do pato já era.*

— Que horror! — sussurrou Tartufo. — Que tipo de bicho era?

— Unhão, Pezão ou Bocão;
Ninguém flagrou o vilão.
Mas um boato já ouvi
De uma nova fera aqui
Do Mississippi chegada
Que entre nós fez sua morada.

— Do Mississippi chegada! — repetiu Tartufo. — Como eu.

— São muitos os inimigos:
Esteja atento aos perigos!

OUTROS!

10

Tartufo ouviu uma voz estranha, resmungona. Ao seu redor, o capim alto farfalhou e o ar se deslocou. Algo se aproximava com muita pressa. E se fosse o Unhão, Pezão ou Bocão?

— Se esconde, depressa! — cochichou para Sapeca, tratando de se encolher mais ainda dentro da concha.

— *Quá-quá-quá!* Estou chegando, Sapeca-*quá*! Como estão meus seis ovinhos-*quá*?

Sapeca se pôs a dar pulos de alegria.

— *É Mamãe Quá*
Que vem de lá.

Tartufo esticou a cabeça para fora no exato momento em que um pássaro grande chegava rebolando à clareira, com suas grandes patas membranosas. Seu bico era achatado e suas plumas tinham os suaves tons envelhecidos das cascas de árvore. Sem notá-lo, ela foi até o ninho e olhou dentro dele.

— Um-*quá*! Dois-*quá*! Três-*quá*! Quatro-*quá*! Cinco-*quá*! Seis-*quá*! — anunciou. — Obrigada por proteger meus ovinhos enquanto eu chapinhava, Sapeca-*quá*! Ah, o baixio está cheio de petiscos saborosos para o café-da-manhã de um pato! *Quá-quá-quá!* — Com todo o cuidado, ela se acomodou em cima de sua família.

Por um momento, Tartufo foi dominado por uma poderosa lembrança. Sentiu o cheiro penetrante, ligeiramente acre de novas vidas — o cheiro no interior de um ovo de cágado. Sentiu o calor de ser delicadamente coberto por lama e folhas. No instante seguinte, a lembrança se dissipou.

— Este aqui que está comigo
É Tartufo, meu amigo.

— Tartufo-*quá*? — Mamãe Quá olhou por sobre seu bico. — Nunca tinha visto um cágado com listras vermelhas nas orelhas-*quá*!

Tartufo esticou um pouco a cabeça, cauteloso.

— Eu não sou exatamente daqui. Minha família é do... — Hesitou por um momento. Mas Mamãe Quá o encarava com seus olhos brilhantes e atentos. — ... Majestoso Mississippi — sussurrou ele.

— *Quá!* Do Mississippi-*quá!* Unhão, Pezão, Bocão — *quá-quá-quá!* — A pata eriçou as penas e abriu as asas para proteger seu ninho. Parecia duas vezes maior do que antes. E duas vezes mais assustadora.

Provavelmente ela já ouviu o boato, pensou Tartufo. Qualquer que fosse, era a razão pela qual ninguém naquele brejo gostava do Majestoso Mississippi.

Ele se pôs a rastejar de costas em direção à água. Não percebeu que Sapeca estava atrás dele até ela saltar de novo para sua concha.

— Vamos jogar Escorrega?
É divertido, colega!

Tartufo parou e esticou a cabeça para cima.
— Um jogo? É mesmo, Sapeca?

— Cumprimos nossa missão,
É hora de diversão!
Até logo, Mamãe Quá;
Não se assuste, vou voltar.

Quando vivia com os meninos, Tartufo participava de muitos jogos diferentes. Gostava daquele em que Davy o deixava caminhar em cima de peças achatadas que se encaixavam, formando o retrato de um bicho engraçado, peludo, parecendo um humano. Mas não gostava dos outros. E ficou pensando se gostaria do de Sapeca.

— Como se joga Escorrega? — perguntou, quando chegaram à água.

— Em cima de um lírio-d'água
Você fica; os outros, n'água,
Fazem ondas lá e cá
Pra você escorregar!

— Parece divertido! — disse Tartufo, lembrando-se de como deslizara da folha do lírio da primeira vez que tentara subir nela. De repente, pensou em outra coisa. — Sapeca, você disse que nós vamos jogar com outros?

— Uns coaxam, outros gritam,
Uns rastejam, outros saltitam.
O último jogador
É o grande vencedor!

Tartufo ficou tão empolgado que engoliu um bocado de água.

— Alguns dos que rastejam são cágados? — perguntou, quando conseguiu falar de novo.

— Ah, sim, há deles também!
Mas não jogam muito bem.

Com os sapos a coisa é feia,
Porque o Bruto trapaceia!

Mas Tartufo não estava se importando com os sapos. Mal podia esperar para conhecer outros cágados. Foi nadando atrás de Sapeca, que avançava pela água, sempre permanecendo próxima à margem. Passado algum tempo, chegaram a um lugar onde uma árvore caíra sobre um banco de lama, com um dos galhos se estendendo pela água adentro.

Tartufo parou de nadar e olhou. Cágados! O galho estava coberto deles. A pele de seus rostos, patas e caudas era verde-escura, com listras de um amarelo vivo. Suas carapaças eram achatadas e redondas. Alguns apoiavam as patas dianteiras, ou mesmo os plastrões, em seus vizinhos. Todos estavam com a cabeça inclinada para o sol, aquecendo-se juntos pacificamente.

Tartufo inspecionou suas orelhas, à procura de listras vermelhas. Nem um cágado sequer parecia tê-las. De repente, sentiu uma grande timidez. E se não gostassem dele?

Mas Sapeca continuou nadando, sem diminuir a velocidade. Saltou para cima de um galho e perguntou:

— Quem topa um joguinho aquático
Com esse cágado simpático?
Quem aceita o desafio
De lhe dar um banho frio?

Lentamente, os cágados viraram a cabeça para o lugar onde Tartufo boiava em silêncio.

— O que são essas coisas vermelhas nas suas orelhas? — perguntou o maior deles. Era quase do tamanho do pé de um menino.

Tartufo teve vontade de esconder a cabeça.

— São listras da minha espécie. Sou um cágado-de-orelha-vermelha.

— Nós somos cágados-pintados. Todos nós. — O cágado grande piscou os olhos. — Onde está a sua família?

Tartufo refletiu por um momento.

— Eles estão... estão... longe daqui.

— Longedaqui? Nunca ouvi falar. — O cágado grande esticou novamente a cabeça para o sol.

Não quero mesmo brincar com esses cágados metidos, pensou Tartufo. E se pôs a nadar, embora não tivesse certeza do lugar para onde estava indo. Começava a sentir falta de Davy. Pelo menos, o menino gostava dele.

— Eu vou jogar Escorrega! — disse uma voz.

Tartufo parou. Um cágado miúdo atirou-se do tronco e nadou até ele:

— Meu nome é Plácido.

— Prazer em conhecê-lo — disse Tartufo.

— Eu também quero jogar! — anunciou outro, pulando na água em seguida. — Meu nome é Pacífico.

— Esperem por mim! — chamou um terceiro, este, uma fêmea. — Meu nome é Paciência.

Amiguinhos para brincar! E cágados, todos eles! Tartufo ficou tão feliz que se sentiu como se fosse explodir em sua concha.

Um sapo naniquinho, muito parecido com Sapeca, saltou do banco de lama.

— Da Sapeca sou o caçula
E me chamo Pula-Pula.
Será que ainda tem lugar
Pra mais um participar?

— Sapeca, eu não sabia que você tinha um irmão — disse Tartufo. — Tem outros na família?

— Dois mil e lá vai pedrada;
Somos da última fornada.
Já temos bastante gente?
Então, sigamos em frente!

ESCORREGA!

11

Os times de Escorrega! já estavam prontos para jogar. Os jogadores que abririam a partida, Tartufo e Plácido, estavam agachados em folhas de lírio, um de frente para o outro. Depois de contarem até três, Pacífico e Pula-Pula começaram a nadar em volta de Tartufo, tentando agitar a água para fazê-lo cair da folha. Sapeca e Paciência faziam o mesmo em volta de Plácido. Todos os nadadores cantavam enquanto contornavam as folhas de lírio:

Desliza e escorrega, escorrega e desliza!
Cuidado com o pé, olhe bem onde pisa!

Tartufo observou como Plácido achatava as membranas na folha para torná-las mais largas, e como às vezes conseguia manter o equilíbrio usando sua cauda. Tentou imitá-lo, mas os espirros de água estavam deixando sua folha de lírio-d'água muito escorregadia.

— Fica no centro da folha — uma voz familiar lhe aconselhou. Tartufo olhou para cima e vislumbrou uma asa de um azul intenso. Martim-Pescador estava assistindo ao jogo de seu galho.

Uma onda barulhenta se levantou quando uma criatura gorda e rápida saltou dentro d'água. A folha de Tartufo começou a balançar, e ele deslizou até a borda. Mas, na hora H, cravou suas unhas na superfície e conseguiu parar.

Uma grande cabeça de boca larga varou a água ao lado dele — a cabeça de Bruto.

— Vamos jogar sapos contra cágados! — coaxou o sapo-boi.

— M-mas eu já estou no meio de uma partida — disse Tartufo, recuando novamente para o centro do lírio-d'água.

— Esta partida acabou — informou-lhe Bruto. Abriu a boca e chamou, *"Crroc! Crroc!"*. Dois sapos-boi vararam a água diante do lírio-d'água de Plácido. Um deles esticou uma perna e derrubou Plácido dentro d'água.

— Ei! — exclamou Plácido. — Assim não vale!

— Isso mesmo, é proibido encostar no jogador que está na folha — concordou Martim-Pescador.

— Por que não cuida da sua vida, seu espancador de peixes? — berrou Bruto. Com duas pernadas fortes, nadou até o lírio-d'água de Plácido e saltou em cima dele. — Sapos contra cágados! — ordenou.

Mas Sapeca e Pula-Pula nadaram até o lírio-d'água de Tartufo.

— *Jogaremos com Tartufo;*
Portanto, não crie arrufo!

— Claro que não! As pererecas não são sapos de verdade mesmo — respondeu Bruto.

— São, sim, Bruto, tanto quanto você! E eu vou gostar muito de tê-las no meu time. — Tartufo ficou perplexo ao se ouvir falando com tanta ousadia.

— Pacífico, Paciência e eu também vamos jogar no time de Tartufo — anunciou Plácido.

Bruto estufou o peito.

— Três de nós e seis de vocês. Isso deve equilibrar as coisas. Vamos lá! Vocês estão desperdiçando o meu tempo.

Juntos, os parceiros de Tartufo tentaram agitar a água ao redor de Bruto, mergulhando, varando a superfície, batendo com as patas na água. Os três cágados usavam as caudas para fazer redemoinhos na superfície, enquanto Sapeca e Pula-Pula sopravam bolhas.

Os dois sapos-boi saltavam para dentro e para fora da lagoa, provocando escandalosas explosões de água ao redor de Tartufo. Um dos lados de seu lírio se levantou tanto que ele quase foi jogado para fora. Indo apressadamente para o extremo oposto, ele conseguiu equilibrá-lo de novo.

— Excelente recuperação — disse de seu galho Martim-Pescador.

— Obrigado! — respondeu Tartufo. Esse jogo de equilíbrio era o mais divertido de que já participara na vida. E continuou montado no lírio-d'água que balançava e girava.

Logo, porém, Tartufo começou a se cansar. Recuou para o centro da folha e recolheu a cabeça e as patas para dentro da concha, entrecerrando os olhos e pensando em equilíbrio.

Bruto também estava começando a se cansar. Embora os cágados e as pererecas fossem bichos pequenos, conseguiam manter seu lírio-d'água balançando de um lado para o outro.

— Já chega — resmungou ele. — Desisto. — Agachou-se como se estivesse prestes a mergulhar na água. Em vez disso, porém, estendeu uma de suas pernas grandes, enfiando disfarçadamente o pé membranoso embaixo da folha de Tartufo... e lhe deu um pontapé, virando-a ao contrário.

— Isso é roubo — repreendeu-o Martim-Pescador.

— Isso é vencer! — coaxou Bruto, saltando para um lírio-d'água no fim do brejo.

Tartufo saiu nadando de baixo da folha virada. Pensou em derrubar Bruto dentro d'água, mas não sabia se tinha força bastante para isso. Então, apenas lançou um olhar zangado para o sapo-boi trapaceiro — e foi quando viu algo curioso.

Bruto não estava conseguindo sentar direito no lírio-d'água. A folha parecia se mexer por conta própria. Mas não estava se balançando. Estava se levantando muito, muito alto!

Isso não é um lírio-d'água, pensou Tartufo, quando uma cabeça comprida e estreita apareceu embaixo de Bruto — uma cabeça de olhos negros e duros, pele verde e grossa.

— Salta, Bruto! — gritou Tartufo. — Foge! Depressa!

SSSÍLVIO

12

Bruto saltou e sumiu como uma gota d'água numa poça. A criatura rastejou rápida como um raio na direção da onda levantada.

— Ssse eu quisesse, poderia apanhá-lo facilmente e engoli-lo num piscar de olhos — disse. — Poderia ter apanhado qualquer um dos ssseus amigos. Mas não estava a fim.

— Que bom — conseguiu dizer Tartufo.

Olhou de relance para os lados. Sapeca, Pula-Pula, os sapos-boi e os cágados tinham desaparecido sem fazer o menor barulho. Tartufo queria fugir, também, mas suas patas estavam rígidas de pavor.

— Talvez não tão bom assim para você. — A criatura deslizou para mais perto. Sua cauda comprida e achatada agitava-se para os lados na água quando ela se movia. — Sssabe por que não comi aquele sssapo-boi gordo e paspalhão?

Tartufo nadou um pouco para trás.

— Porque ele poderia ter ficado entalado na sua garganta e engasgado você? — Tartufo tinha certeza absoluta de que isso poderia ter acontecido. Essa criatura era muito magrinha, embora quase tão comprida quanto um taco de beisebol.

A cauda comprida e achatada golpeou a água.

— Em absssoluto! Foi porque sssenti o cheiro de algo melhor: o aroma sssalgadinho e limoso das presas do meu lar. Havia muitos cágados-de-orelha-vermelha sssuculentos perto de meu ninho no Mississippi.

Presa? Tartufo achara que sabia o que *presa* significava. No alto do plastrão, seu coração batia rápido como as asas de um mosquito.

— Você é do Majestoso Mississippi?

A criatura ergueu-se mais alto na água, para que Tartufo pudesse ver melhor seu couro grosso e desigual.

— Certamente. Sou Sssílvio do Majestoso Mississippi. Não está me reconhecendo?

— É você que é Unhão, Pezão e Bocão? — sussurrou Tartufo.

— Talvez ssseja. Sssou um jacaré e ssseu inimigo. Tem certeza de que não me conhece?

— Um jacaré? Acho que não — respondeu Tartufo. — Embora minha família talvez seja do Majestoso Mississippi, eu era um bicho de estimação. Na verdade, sou apenas Tartufo do Aquário. — Tartufo espiou os compridos maxilares cheios de dentes da criatura e sua cauda achatada. De repente, lembrou-se de uma coisa. — Meu menino tinha um brinquedo parecido com você! — exclamou.

— Um brinquedo? — Sssílvio soltou um riso de deboche tão violento que por pouco não soprou Tartufo para fora d'água.

— Se você é do Majestoso Mississippi, o que está fazendo aqui? — perguntou Tartufo. Nadou de costas em direção a um lírio-d'água, torcendo para que o jacaré não percebesse.

— Fui raptado! Me apanharam numa rede quando eu era sssó um filhotinho. — Sssílvio afundou na água. — Eu também era um bicho de estimação.

— Você? — Tartufo podia sentir com a pata um lírio-d'água atrás de si. Se o jacaré olhasse para o outro lado, poderia se esconder debaixo dele.

— Sssim. Eu tinha uma menininha. Ela me mantinha num tanque e me dava grilos e minhocas para comer. Uma vez, quando eu estava com mais fome do que de costume, confundi o dedo dela com uma minhoca e o mordi. Ela chorou à beça. Logo no dia ssseguinte o pai dela me trouxe para esta lagoa. "Cuidado, bichos da lagoa! Aí vem Sssílvio do Mississippi", gritou ele. Então, foi embora.

Tartufo engoliu em seco.

— Ele deixou você aqui para sempre? Meu menino vai voltar para me buscar. Pelo menos, disse que iria. — Ah, quem dera que Davy aparecesse agora!, pensou Tartufo.

— Pois já foi tarde, sssinceramente! A cada dia que passa eu cresço e ganho força, e assim posso voltar para o meu lar. Sssó preciso aprender o caminho.

A água se ondulou. Sssílvio tinha desaparecido. Tartufo olhou em volta. Para onde ele fora?

O jacaré voltou à tona, focinho a focinho com Tartufo.

— Você pode ter sssido um bicho de estimação, mas ssseu cheiro é o cheiro da água do Mississippi. Ssserá que ssseu gosto também é o gosto do Mississippi?

Tartufo olhou para dentro dos compridos maxilares afastados da criatura. Havia uma caverna escura apavorante bem onde seus dentes acabavam. Em um instante, pensou Tartufo, poderia estar lá dentro. Para sempre.

— Talvez eu possa ajudar você a encontrar o caminho de volta para o Mississippi — sussurrou.

Os compridos maxilares cutucaram Tartufo.

— Sssério? Você conhece o caminho?

Tartufo não queria mentir. Mas também não queria ser devorado.

— N-não exatamente. Mas acho que talvez tenha visto alguma coisa durante um de meus cochilos. Se eu tentar, sou capaz de me lembrar.

— Sssim, faça isso, Orelhinha-Vermelha. Ssseria muito útil. — Sssílvio respirou tão fundo que Tartufo quase foi sugado para dentro de sua boca. — Ahhh, o delicioso cheiro dos lírios-d'água sssempre me dá sssono. — Juntou os maxilares. — Muito bem, Tartufo. Agora vou voltar para minha toca e tirar uma sssoneca. Verei você em breve. Talvez até lá você já tenha ssse lembrado do caminho para casa.

Exausto e com medo, Tartufo subiu num lírio-d'água. Os gêmeos tinham razão, pensou. Ele era burro. Só estava ali havia um dia, e já quase fora devorado. Talvez a vida fosse tediosa no seu aquário, mas pelo menos ele estava seguro. Começava a desejar jamais ter ouvido falar do Majestoso Mississippi.

— Você não conhece mesmo o caminho de volta para o rio, conhece?

Tartufo reconheceu a voz estridente de Martim-Pescador. Olhou para o alto.

— Não, não conheço — admitiu.

— É uma pena — disse Martim-Pescador, compadecido. — Acho que você está em apuros.

— Crroc! Todos nós estamos em apuros! — A cabeça de Bruto apareceu entre duas folhas de lírio. — Se aquele bicho, o jacaré, ficar aqui por muito mais tempo, vai crescer e precisar de muita comida! Até mesmo daqueles lambaris de que você gosta, Martim-Pescador.

— Meus lírios! — guinchou Rato-Almiscarado. — Ele gosta de cheirar meus lírios, mas acho bom não comê-los!

Plácido subiu no lírio ao lado de Tartufo.

— Uma coisa é certa: de agora em diante, todos nós precisamos tomar muito, muito cuidado. — Bateu sua concha de leve na de Tartufo. — Principalmente você.

Tartufo sentiu algo subir em sua carapaça. Apavorado, escondeu a cabeça. Mas era apenas Sapeca.

— Você teve muita coragem
De enfrentar aquele selvagem.

— Não sou corajoso, Sapeca — protestou Tartufo, esticando cauteloso a cabeça. — Eu apenas não sabia como escapar.

Mas a pererreca pareceu não ouvi-lo:

— Foi o jacaré cruel
Que mandou o pato pro céu.
Tartufo, lembra o caminho
Pra nos livrar do daninho!

— Ah, Sapeca — lamentou-se Tartufo. — Eu não sei como chegar ao Mississippi. Só tive vislumbres de água correndo em meus cochilos. Não sei nem se são mesmo do tal rio majestoso.

UNHÃO, PEZÃO E BOCÃO

13

Quando seus novos amigos foram embora, Tartufo esquadrinhou a água, na esperança de vislumbrar a cabeça listrada de branco de Federico.

— Federico é sábio — falou sozinho. — Talvez ele saiba como encontrar o Majestoso Mississippi.

Mas, do baixio, tudo que Tartufo podia ver era a corcova cinzenta de um animal muito grande, que parecia estar de pé no meio do mundão de água. Tartufo nadou até ele. Para sua surpresa, Federico estava sentado na corcova do animal. Mas o cágado-fedorento não parecia estar com medo. Na verdade, seu pescoço se esticava em direção ao sol, como se ele se sentisse totalmente à vontade.

— Talvez Federico esteja sentado nas costas do bicho imenso do mesmo modo como Sapeca sentou na minha concha — falou Tartufo consigo mesmo. — Talvez o bicho imenso até esteja protegendo Federico. — Tomou coragem e dirigiu-se para a parte mais funda da água.

Nadar até lá foi cansativo. Quando estava a apenas alguns centímetros de chegar, viu que não se tratava em absoluto das costas de um bicho. Era uma pedra — a maior e mais linda pedra que Tartufo já vira na vida. Parecia brotar de dentro d'água do modo como uma árvore brota da terra. Sua superfície sólida e cinzenta estava salpicada de pontinhos de luz. Quando ele encostou a pata dianteira em sua superfície quente, teve a sensação de que estava viva.

— Federico, posso te fazer companhia? — perguntou.

— Sobe aqui — respondeu o cágado-fedorento. — Apanhar sol abre o apetite. Quanto mais você come, maior você fica. Quanto maior você fica, mais difícil é de ser engolido.

Com suas unhas afiadas, Tartufo agarrou-se à superfície granulosa, puxando daqui, empurrando dali, até sentir um calorzinho suave em todo seu plastrão.

Federico virou a cabeça para Tartufo.

— Parabéns. Você encontrou o melhor lugar da lagoa para apanhar sol e cochilar.

Cochilar! Tartufo não achava que algum dia fosse conseguir dormir de novo.

— Podemos conversar primeiro? Tenho muita coisa para te contar.

— O quê? — Os olhos de Federico começaram a se fechar.

— Eu conheci uma fera apavorante!

Os olhos de Federico se fecharam.

— Uma criatura do Majestoso Mississippi.

Os olhos de Federico se abriram de novo.

— O boato! Então é verdade! Por que não disse logo?

— Estou dizendo agora! — Tartufo avançou com cautela pela pedra acima. — É um jacaré. Seu nome é Sílvio.

Federico piscou os olhos e abriu a boca, mas não emitiu nenhum som.

— Sílvio quer voltar para seu lar, o Majestoso Mississippi, mas não sabe como chegar até lá. Eu disse a ele que talvez conhecesse o caminho, mas só fiz isso para ele não me comer. Você conhece o caminho?

Federico soltou um longo suspiro.

— Nunca saí desta lagoa. Minha família e a família de minha família nunca saíram desta lagoa. Mas, se você dormir, talvez descubra o caminho.

— Dormir! Como vou descobrir o caminho, se estiver dormindo?

— Dormir... — Os olhos de Federico estavam se fechando.

Era silencioso e confortável na sua pedra de apanhar sol. Uma brisa suave acariciava o focinho de Tartufo. De repente, ele se sentiu exausto.

— Federico — disse, abaixando-se sobre seu plastrão —, quem é Unhão, Pezão e Bocão? É Sílvio?

— Hum, ele é um deles. — Os olhos de Federico estavam fechados. — Mais tarde nós conversamos...

Um deles? Será que Federico queria dizer que havia outro jacaré na lagoa deles? Tartufo queria saber logo! Mas a sensação de estar flutuando já começava. Ele tentou ao máximo resistir a ela.

— Federico, quantos do Unhão, Pezão e Bocão existem? — sussurrou.

Mas Federico já ferrara no sono. E, no instante seguinte, Tartufo também.

O ar estava mais frio quando Tartufo acordou. Tentou recordar seu sonho. Lembrava-se da água barulhenta e revolta, e da sensação vertiginosa de ser arrastado por ela. Seria esse o Majestoso Mississippi?

De súbito, sentiu um grande vazio nas entranhas. Tinha que comer antes de pensar no rio — ou em qualquer outra coisa.

— Federico, estou morto de fome! — disse, relembrando o gosto picante da mosca que comera no café-da-manhã. — Vamos caçar.

Federico levantou a cabeça.

— Hummm, boa idéia! Sonhei que mastigava um bicho gordo e suculento. Talvez eu o encontre agora.

Deslizaram da pedra de apanhar sol para a água fluida e refrescante. Federico nadava à frente, em gestos vigorosos e ágeis. Tartufo o seguia em seu ritmo de iniciante, mas não se importava. Para onde quer que olhasse, via novos bichos nadando ou voando. Cintilantes moscas de quatro asas passavam em alta velocidade por cima de sua cabeça. Insetos com patas de aranha caminhavam em passos levíssimos sobre a superfície da água. Enxames de minhocas de três rabos contorciam-se e dispersavam-se à passagem de Tartufo. Em uma ocasião, um besouro negro e reluzente, quase tão grande quanto Tartufo, observou-o com interesse e bateu os maxilares.

Uma série de vibrações lentas fazia cócegas em seu plastrão. Tartufo olhou para baixo e viu as formas cinzentas e curvas de peixes passando em silêncio sob seu corpo. A pouca distância, uma cintilação de prata atraiu sua atenção. Havia um cardume de peixes ínfimos e esguios parado à sombra de uma planta aquática. Os peixes olharam para Tartufo com seus olhos fixos e vazios. "Bu!", ele gritou, e eles dispararam. Aqueles peixes bobos fizeram com que se sentisse grato por ser um cágado, mesmo que um cágado pequenininho e inexperiente.

Quando Federico se deteve para abocanhar pulgas-d'água, Tartufo o alcançou.

— Você disse que me falaria sobre Unhão, Pezão e Bocão — relembrou ao cágado-fedorento. — Tem mais jacarés?

— Jacarés? Creio que não — murmurou Federico, a boca cheia de pulgas. — Mas Unhão, Pezão e Bocão são muitos bichos. Alguns são ferozes e imponentes. Outros são velozes e astutos. E outros ainda são caçadores habilidosos e comedores insaciáveis.

Embora a tarde fosse quente, Tartufo sentiu um calafrio.

— Como jacarés — murmurou.
— É, acho que sim.
— Quem mais?
— Pássaros. Guaxinins. Gambás. Raposas. Lamento dizer que até nosso primo, *Chelydra serpentina*, o cágado-mordedor, caça seus parentes.

Tartufo levantou os olhos. Vistoriou o banco de lama. Esquadrinhou a água. Unhão, Pezão e Bocão está em toda parte, pensou. Olhou para o pedaço de sanguessuga verde-amarelada que pendia da mandíbula do cágado-fedorento.

— Federico, você também é um deles?

Federico parou de mastigar e piscou os olhos.

— Num certo sentido, acho que sim; e você também. Todos nós somos Unhão, Pezão e Bocão para os bichos que comemos.

— *Até eu!* — Tartufo esticou o pescoço para fora da concha e manteve a cabeça levantada. — Eu sou Unhão, Pezão e Bocão — murmurou para si. Bateu os maxilares tão barulhentamente quanto pôde.

Quando Federico começou a nadar de novo, Tartufo tentou segui-lo. Porém, mal avançara alguns centímetros, seu companheiro, mais rápido que uma mosca voando, desapareceu debaixo d'água. Somente seu odor pútrido de cágado-fedorento permaneceu no ar.

AMIGO 14

Tartufo enfiou a cabeça debaixo d'água, mas não seguiu Federico. O emaranhado de plantas e a fraca luminosidade subaquática dificultavam a visão — e ele não sabia o que havia ali embaixo.

— Federico? — chamou baixinho.

Um instante depois, a cabeça listrada de seu amigo varou a superfície. Na boca, Federico carregava um pequeno objeto parecido com uma pedra encaracolada. *Nhac!* Sob o olhar assombrado de Tartufo, Federico mordeu e rachou a pedra. Um filete negro escorreu dos maxilares do cágado-fedorento.

— Caramujo — disse Federico, quando pôde falar de novo. — Eles ficam rechonchudos e carnudinhos da sujeira que comem no fundo da lagoa.

Tartufo sentiu seu estômago se contrair de fome.

— O fundo fica muito longe?

— Em alguns lugares, sim. A parte mais funda é no centro. É lá que eu gosto de caçar e dormir. — A resinosa criatura deslizou pela goela abaixo de Federico. — Delicioso! Acho que vou dar um mergulho atrás de outro. Vem! Tem de sobra para nós dois.

Tartufo espiou novamente debaixo d'água. Teve a impressão de ver uma forma escura se movendo.

— Não estou com tanta fome assim. Acho que vou nadar até os lírios-d'água e apanhar umas moscas. Quero praticar um pouco de Escorrega! enquanto ainda estou leve.

— Então, bom apetite — respondeu Federico, mergulhando n'água.

Tartufo nadou por algum tempo, atravessando e abandonando folhas de lírios-d'água. Havia uma grande quantidade de efeméridas e mosquitos para comer. De tempos em tempos, mergulhava a cabeça debaixo d'água e olhava. Tudo que via era uma floresta de hastes compridas e espessas. Num dado momento, chegou mesmo a arriscar uma descida, mas uma coisa parecendo uma árvore roçou seu rosto e ele praticamente saltou fora d'água, como Bruto.

Ouviu alguns zumbidos e coaxos, mas não viu ninguém com quem brincar. Subiu em uma folha e rastejou pelas bordas, tentando desequilibrá-la. Recolheu a cabeça e as patas para dentro da concha e rolou de um lado para o outro, empurrando-se com a cauda. Quando se sentiu com mais coragem, mergulhou na água de ponta-cabeça. Mas, cada vez que o fazia, demorava-se apenas um momento, logo tornando a nadar para cima.

Quando o sol já se punha no céu, Tartufo se cansou. Escolheu uma folha robusta com uma grande flor a seu lado, subiu nela e esperou que a sensação de estar flutuando chegasse.

A imagem de cores estava começando a chegar quando ele sentiu algo cutucar a parte de baixo do lírio-d'água. Seus olhos se abriram de estalo.

— Talvez alguém tenha vindo jogar Escorrega! comigo — disse, tentando se acalmar. Escondeu a cabeça e as patas na concha e esperou. Sentiu outro cutucão. A folha começou a balançar.

Com a cauda, Tartufo se impediu de deslizar. Pensou em rastejar até o centro da folha, onde ficaria mais estável, mas decidiu manter-se imóvel. Procurou respirar mais devagar, no ritmo suave do balanço da folha. Por alguns momentos, tudo ficou calmo e silencioso, como se todos estivessem se escondendo.

Algo cutucou a folha de novo, bem embaixo de seu plastrão. Sem conseguir se conter, Tartufo chamou em voz alta:

— Bruto? Plácido? Isto é uma brincadeira?

— Poderia ser uma brincadeira se você quisesse, amigo — respondeu uma voz baixa e musical.

Tartufo não a reconheceu. Fechou bem a boca para não responder.

— Não está se sentindo sozinho aqui, sem ninguém, amigo? Não quer brincar?

Será que poderia mesmo ser algum amigo? Tartufo deu uma espiada para fora. O sol já tinha se posto, e a lua começava a aparecer. Na claridade de sua luz, ele viu algo flutuando por perto. Parecia um rabo comprido e estreito com olhinhos negros e um traço no lugar da boca. A criatura fluiu em sua direção como água sobre água.

Tartufo sentiu uma pontada de inquietação. Escondeu bruscamente a cabeça e torceu para que a criatura fosse embora.

— Vamos lá, amigo, por que não me dá uma chance? Eu poderia te ensinar algumas jogadas muito úteis.

— N-não acho que nós sejamos a-amigos — gaguejou Tartufo. — Nós nem mesmo nos c-conhecemos.

Uma língua fina projetou-se como um raio da boca do bicho.

— Nós podemos ficar amigos. Enquanto brincamos, podemos nos conhecer.

Os movimentos lentos e deslizantes da criatura eram tão apavorantes que Tartufo mal conseguia falar.

— Acho que já sei o bastante sobre você — respondeu Tartufo, sem esticar a cabeça para fora. — E não quero brincar com você.

— Mas isso não é justo, amigo! Ninguém jamais quer brincar comigo! E eu poderia seu um ótimo jogador. Tão rápido. Tão flexível. Tão poderoso...

— Acho que você não quer brincar coisa nenhuma. Acho que você quer é me comer. — Tartufo tremia tanto que estava fazendo a folha balançar.

— Ah, eu quero brincar, sim! Sério! É só que, quando estou com amigos, não consigo evitar certas coisas. Não consigo evitar o desejo de que nos tornemos amigos ainda mais íntimos. Amigos inseparáveis. Amigos até o fim... — O bicho fluiu para mais perto.

Tartufo se encolheu ao máximo dentro da concha. Fechou os olhos e esperou. De repente, uma voz estridente encheu o espaço:

— Acorda, bicharada! Cuidado com a serpente
Que quer pegar Tartufo, o pobre cágado inocente!
Acordem, camaradas! Atentem pro animal
Que diz ser nosso amigo, mas só quer o nosso mal!

— Sapeca! — Tartufo sussurrou para si mesmo. — Ela deve estar entre os lírios-d'água.

Abriu os olhos para procurá-la... e viu a boca da cobra, aberta e pronta para abocanhá-lo. Sem pensar, pôs as patas para fora e tentou recuar de qualquer jeito.

Vapt! Algo — alguém — agarrou uma de suas patas traseiras e o puxou para debaixo d'água.

SURPRESAS DEBAIXO D'ÁGUA

15

Tartufo lutava para se libertar. Algo segurava com muita força sua pata traseira direita, arrastando-o para trás pela água — não muito fundo, apenas alguns centímetros abaixo da superfície na zona dos lírios-d'água. Tentou ver o que era, mas não conseguiu se virar.

No momento seguinte, viu-se puxado para dentro de um túnel, uma passagem negra e tortuosa cheia de água. Tartufo sentia as espessas paredes de lama maciça enquanto era arrastado pelo ziguezagueante labirinto.

Então, um puxão vertical o tirou da água direto para uma toca escura e espaçosa. Ele sentiu capim seco sob suas patas. Tudo que podia ver era um montinho pequeno e ensombreado num canto. Quem quer que o tivesse arrastado, finalmente o soltou.

— Aquela cobra quase comeu você — disse uma voz.

— Rato-Almiscarado! — exclamou Tartufo. — Onde nós estamos?

— Na minha casa. — Rato-Almiscarado sentou-se sobre as patas traseiras e agarrou algo de cima da pilha no canto, que se pôs a roer avidamente com os compridos dentes da frente.

— O que é isso? — perguntou Tartufo.

— Minhas maravilhosas raízes de lírio. — Rato-Almiscarado se deteve por um momento. — Quer uma?

— Não, estou cansado demais para comer qualquer coisa.

Mesmo no escuro, Tartufo pôde ver o brilho nos olhos de Rato-Almiscarado ao ouvir sua resposta.

— Ótimo, ótimo. Tira um cochilo. Amanhã de manhã, pode voltar para a superfície.

— A superfície? — Tartufo olhou para cima.

Rato-Almiscarado fungou, orgulhoso.

— Eu fiz vários túneis. Você entra pela água e sai no banco de lama. — Apontou o focinho para um túnel acima deles.

— Essa é a saída? — perguntou Tartufo, esticando o pescoço para o alto.

— Shhh! — fez Rato-Almiscarado, embora parecessem estar sozinhos. — Ela fica escondida. Uma pilha grande de capim e folhas em cima da abertura.

— Não se preocupe — disse Tartufo. — Não vou contar a ninguém. — Acomodou-se no macio chão de palha. —

Obrigado, Rato-Almiscarado. Estou muito feliz que você tenha aparecido!

— Tenho que tomar conta de você, orelha-vermelha. Afinal, é você quem vai mandar o queixadão para longe dos meus lírios.

Tartufo despertou ansiando por sol e ar fresco. Embora ainda estivesse escuro, sua fome lhe dizia que já era de manhã. Franziu os olhos e olhou em volta. Num canto, Rato-Almiscarado dormia sobre sua pilha de raízes de lírio.

— Rato-Almiscarado, acho que já vou indo — disse Tartufo.

Rato-Almiscarado não se mexeu.

Tartufo sabia que podia voltar para cima pela água. Mas tinha medo de retornar ao túnel escuro e tortuoso. Buscando alcançar a passagem acima, tentou ficar de pé apoiando-se na parede de lama, mas era íngreme demais.

— Rato-Almiscarado, será que pode me dar impulso para eu subir? — perguntou, por fim.

O bicho peludo apenas enrolou mais apertado a cauda escamosa ao redor do corpo e suspirou.

— Vou ter que subir em cima dele. Espero que não se importe — falou Tartufo sozinho. Chapinhou até o companheiro e pôs-se a galgar o monte de raízes. Em seguida agarrou-se ao grosso pêlo de Rato-Almiscarado. Que soltou um resmungo — mas continuou dormindo. A duras penas Tartufo conseguiu encimá-lo, cravando as afiadas unhinhas das patas dianteiras em sua pelagem úmida, que exalava um agradável aroma de lírios enquanto ele subia. Do ponto mais alto das costas de Rato-Almiscarado, Tartufo pôde alcançar o buraco acima.

— Adeus, amigo — sussurrou, içando-se para fora.

Foi encontrar Federico caçando filhotes de peixe na água quente e rasa.

— Encurrale-os entre as plantas aquáticas. Isso fará com que percam velocidade e se tornem mais fáceis de capturar — aconselhou o cágado-fedorento.

Em pouco tempo, a barriga de Tartufo estava cheia das deliciosas criaturinhas. Não conseguiria comer mais nenhuma, mas nadava atrás delas mesmo assim, divertindo-se com a caçada, ora ao redor de uma moita de hastes finíssimas, ora embaixo de um emaranhado de gravetos flutuando, ora sobre uma trilha brilhante e pegajosa de folhas cobertas por fungos. Às vezes, quando chegava perto demais, o peixinho saltava da água para lhe escapar. Outras vezes, ele se abaixava na água e boiava, esperando em silêncio. Em pouco tempo, pensando que ele fosse uma folha, algum filhote de peixe desavisado se acomodava sobre sua carapaça. Como era divertido começar a nadar, dando um baita susto no bicho!

— Hora de sol e sono! — chamou Federico. — A pedra de apanhar sol deve estar bem quentinha e gostosa a esta altura.

Mas Tartufo não estava disposto a ir dormir. Queria nadar mais... e brincar!

— Eu te encontro lá mais tarde — disse ao cágado-fedorento. Ansioso, pôs-se a nadar em direção à árvore caída, do outro lado da zona de lírios-d'água. Avistou a fileira de cágados-pintados, já se aquecendo ao sol. Talvez Plácido, Paciência e Pacífico quisessem jogar uma partida de Escorrega!.

Mais à frente, na superfície da água, havia bolhas. Bolinhas cintilantes, inquietas, cheias de luz. Eram tão bonitas que Tartufo deixou-se boiar em sua direção para olhá-las mais de perto. Outra bolha subiu. E mais outra!

Então surgiu um par de narinas — e um focinho largo e achatado.

— Ah, Tartufo! Bem que achei que tinha sssentido o cheiro delicioso do Mississippi. Ah, como você me faz sssentir sssaudades de meu *bayou*!

Uma a uma, as bolhas faiscantes estouraram e desapareceram. Tartufo desejou também ser capaz de desaparecer. Não havia nenhum lugar para onde ir. Sílvio nadava ao redor dele, prendendo-o num círculo tão estreito como se ele estivesse num aquário.

— O que é um *b-bayou*? — perguntou Tartufo, na esperança de distrair o jacaré.

Os olhos de Sílvio faiscaram.

— É uma enssseada pantanosa cheia de deliciosa água de rio. Perfeita para o ninho de um jacaré! O ar sssempre fedia às folhas podres e carcaças que minha mãe enterrava na nossa toca. Um paraíso!

— A água do *bayou* é quente e lamacenta? — Tartufo perguntou depressa. Pelo menos, enquanto ele estiver falando, não pode comer, pensou.

— Ah, sssim — respondeu Sílvio com voz sonhadora. — A sssuperfície fica cheia dos mais sssaborosos ovos de mosssquitos e de pulgas.

— Parece um lar perfeito para você. Muito melhor do que esta lagoa. — Tartufo tinha que nadar em círculos para ficar de olho no jacaré, o que o estava deixando tonto.

— Perfeito? Em absssoluto! — trovejou Sílvio. — Quando nós, filhotes, nadávamos, peixes com bocas parecendo cavernas nos persssseguiam! Guaxinins percorriam os baixios tentando nos agarrar! Pássaros davam rasantes para nos apanhar! Um deles comeu Al, meu irmão favorito! Ah, como eu odeio pássaros de patas membranosas! Ssse algum dia tiver uma chance, hei de me vingar!

— M-mas agora você é maior — sussurrou Tartufo. — Eles nunca tentariam te fazer mal. Além disso, seu irmão pode ter sido comido por algum outro bicho. Um daqueles guaxinins que você mencionou... ou uma cobra.

— Havia pegadas de pato na lama. Eu as vi com meus próprios olhos! — Sílvio bateu com o rabo na água, espirrando-a na concha de Tartufo.

— M-me fale mais do seu *bayou* — sussurrou Tartufo, na esperança de acalmá-lo.

— Por toda parte, havia tocos de árvore podres para a gente apanhar sssol — disse Sílvio. — E grilos cantando para embalar meu sssono. — Ele parou de nadar em círculos e se abaixou na água. — Não tenho uma noite de sssono decente desde que fui trazido para Nova York.

Nova York? É esse o lugar em que estamos?, perguntou-se Tartufo. Como iria aprender algum dia o caminho para o *bayou* de Sílvio, se nem mesmo sabia onde estava agora?

— Nova York fica longe do Mississippi? — perguntou.

— Como é que eu vou sssaber? Você disse que conhecia o caminho! — berrou Sílvio.

Tartufo escondeu a cabeça na concha.

— Às vezes, quando cochilo, tenho lembranças. De águas rápidas e revoltas correndo para algum lugar. Mas meus cochilos são misteriosos. Ainda não sei para onde as águas vão. Ou onde começam.

Sílvio nadou para mais perto dele. Tão perto, que poderia abocanhar Tartufo em um instante.

— Cágados podem ssser lentos e constantes, mas jacarés sssão rápidos e apressados. Vou cheirar os lírios para me acalmar. É melhor sssonhar com o caminho de volta para casa, Tartufo. Antes que eu perca a paciência.

Apavorado, Tartufo ficou olhando para a trilha em formato de V que o jacaré deixou na água ao nadar para a zona dos lírios. Torceu para que nenhum de seus amigos estivesse escondido lá.

Uma pequena cabeça listrada varou a água perto dele.

— Tartufo! Você está bem? — gritou Plácido. — Eu estava crente que aquela fera horrível iria comer você!

— E ele *vai* me comer, se eu não for capaz de lhe ensinar o caminho para o Majestoso Mississippi logo.

— Gostaria de poder ajudar você — disse Plácido. — Mas, nos meus cochilos, só vejo lama pegajosa e água parada. — Pôs-se a nadar em direção ao tronco onde sua família apanhava sol. — Vamos! Quando os outros acordarem, podemos perguntar a eles se conhecem o caminho. Talvez algum deles já tenha ouvido alguma coisa. E depois podemos jogar Escorrega!

OVINHO VERDE

16

Quando o sol começou a se pôr, Tartufo voltou para o capinzal que crescia às margens da lagoa. Tinha a esperança de encontrar um lugar seguro para passar a noite — um lugar onde não houvesse cobras e jacarés. Procurando não fazer ruído, avançou por entre uma moita espessa de juncos, mas não conseguiu impedir que as lâminas altas e duras se entrechocassem.

— *Quá-quá-quá!* — gritou uma voz na escuridão. — Não se aproxime, raposa-*quá*!

Apesar de sua preocupação, Tartufo sentiu novo ânimo.

— Não sou uma raposa-*quá* — respondeu. — Sou eu, Mamãe Quá, Tartufo.

— Tartufo-*quá*? O orelha-vermelha? Por que não está dormindo-*quá*?

Tartufo seguiu seus *quás* pelo capinzal adentro até chegar ao ninho.

— A noite é para a gente dormir-*quá!* — repreendeu-o a mamãe pata. — Você devia estar escondido em algum lugar enquanto os bichos ferozes rondam por aí.

— Ah, Mamãe Quá, estou muito cansado. E não sei onde me esconder — Tartufo abaixou a voz — do Unhão, Pezão e Bocão. — Olhou dos dois lados, e então cochichou: — Principalmente do jacaré do Majestoso Mississippi.

— *Quá-quá-quá!* — Mamãe Quá eriçou as penas. — Eu vi as marcas de suas garras no banco de lama. Vi a linha que sua cauda traça quando ele está caçando. Não se pode confiar naquele bicho!

— Os ovinhos estão bem? — perguntou Tartufo.

— Veja com seus próprios olhos. — Mamãe Quá levantou o traseiro. Tartufo se equilibrou sobre as patas traseiras e espiou.

Seis ovos se aninhavam em uma camada de macias penas de pato arrancadas do próprio peito de Mamãe Quá. As conchas lisinhas e marrons eram do mesmo tamanho de Tartufo.

— Parecem bem aconchegados e seguros — disse ele, triste.

— Sim-*quá*. — Mamãe Quá tornou a se sentar e pôs-se a alisar suas penas com o bico. De repente, tornou a levantar a cabeça. — Gostaria de dormir no ninho, Tartufo-*quá*? Tem espaço na parte de trás.

Algo dizia a Tartufo que cágados não dormem debaixo de traseiros de patas. O que Federico diria? Mas Tartufo estava muito cansado. Debaixo da pata poderia ficar seguro durante algum tempo.

Estendeu uma pata dianteira para galgar o ninho. Suas membranas tatearam penas macias.

— Vou tomar muito cuidado — prometeu ele. — Vou ficar bem quietinho, sem fazer nenhum barulho.

Era macio e quentinho debaixo do corpo de Mamãe Quá. Imprensado contra um ovinho, Tartufo ouviu o tiquetaque de um coração minúsculo.

— *Quá-quá!* Hora do café! — Mamãe Quá se levantou para contar seus ovos.

Tartufo esticou a cabeça para fora. O sol ainda não saíra, e o céu tinha o branco-acinzentado das primeiras horas da manhã.

— Quem vai vigiar os ovinhos enquanto você come? — perguntou Tartufo, sonolento.

A pata eriçou as penas e sacudiu o traseiro.

— Desde que Papai Quá morreu, não como com muita freqüência. Mas às vezes Sapeca-*quá* vem vigiar os ovinhos, e então posso dar uma chapinhada rápida — *quá!* — e comer o que estiver por perto. Nesta época do ano, há muitas plantas tenras no baixio.

— Eu posso ficar no ninho e proteger os ovos — ofereceu-se Tartufo.

— Você-*quá*? Como um cágado pequeno como você pode proteger os ovinhos-*quá*?

Tartufo fechou os olhos para pensar.

— Não sei — confessou. — Mas até agora já encontrei uma cobra e um jacaré, e sobrevivi. Se surgir a ocasião, posso pensar em alguma coisa. — Alisou delicadamente com o focinho um punhado de capim que cobria um ovo. — Além disso, você precisa comer para ficar forte e cuidar dos ovos.

Mamãe Quá enfiou a cabeça no ninho e empurrou os ovinhos para mais perto uns dos outros. Tartufo estava espantado de ver como ela conseguia ser delicada com seu bico duro e largo.

— Está bem, Tartufo-*quá*! Vou deixar você tomando conta do ninho enquanto como. Volto o mais rápido possível. *Quá-quá-quá!* — Ela saiu rebolando em direção à lagoa.

Dentro do ninho, Tartufo ficou de olhos bem abertos, prestando a máxima atenção aos ruídos da floresta. Ouviu esquilos tagarelando e pássaros gritando. Sentiu uma brisa soprar sobre sua carapaça. O ar frio podia fazer mal aos ovos, pensou, e pôs-se a arrancar penugem da lateral do ninho para cobri-los.

Sua boca estava cheia de penas de pato quando algo quicou em sua concha. Assustado, Tartufo escondeu depressa a cabeça e as patas.

— Se dei um susto em você,
Levei outro, pode crer!
Só vim aqui pra ajudar

A exausta Mamãe Quá,
E eis que encontro, como antes,
O melhor dos ajudantes!

— Sapeca! — Tartufo esticou o pescoço para fora. — Que alegria ver você!

A pererequinha pulava sem parar na carapaça de Tartufo. O toque de suas patas minúsculas era delicado como gotas de chuva.

— No brejo, eu e Pula-Pula
Saciávamos a gula;
De repente, oh, que pavor!
Topamos com o matador.

— Você se refere a Sílvio? — perguntou Tartufo. — Não sabemos com certeza se foi ele quem comeu os ovos. Ele diz que vem cheirar os lírios porque eles o acalmam.

— Jacaré cheirando lírio?
Nunca ouvi um tal delírio!
Quando esse bicho tem fome,
Mente até enquanto come.

— Talvez você tenha razão — concordou Tartufo, lembrando-se de como Sílvio odiava pássaros de patas membranosas. De repente, o chão começou a tremer. — Sentiu isso?

— sussurrou ele. Mas Sapeca já saltara do ninho e desaparecera no capinzal.

— Quem está aí? — perguntou Tartufo em voz alta.

O céu acima dele escureceu. Tartufo olhou para cima. Um rosto peludo com uma máscara nos olhos o encarava.

— V-você não é Mamãe Quá — ele gaguejou.

— E você não é um ovo — respondeu a criatura mascarada.

Tartufo esticou o pescoço ao máximo.

— Sou Tartufo do Majestoso Mississippi, um rio grande e rápido.

— Eu sou uma fêmea de guaxinim do mato. Uma fêmea de guaxinim com fome de ovos. Agora cai fora do meu café-da-manhã.

— Mas eles são da Mamãe Quá!

— Quem foi ao ar perdeu o lugar — disse a fêmea de guaxinim, enfiando a pata no ninho. Tartufo ficou surpreso de ver que era igual à mão de um menino.

— Espera! — gritou. Tinha que dar um jeito de afastar aquela fera do ninho. Uma idéia lhe ocorreu, mas era perigosa. Mesmo assim, não podia falhar com Mamãe Quá sem pelo menos tentar.

— Será que você não prefere comer um cágado gostoso? — perguntou Tartufo.

A fêmea de guaxinim inclinou a cabeça.

— Um cágado? Por que eu comeria você? Sua concha é dura, e sua pele é grossa.

— Carne de cágado é muito gostosa. Além disso, eu sou um cágado raro. Um orelha-vermelha. — Tartufo virou a cabeça de um lado para o outro, exibindo suas listras. — Ninguém por aqui jamais comeu um orelha-vermelha.

Os olhos da fêmea de guaxinim brilharam. Com as unhas compridas e curvas, ela acariciou a carapaça de Tartufo.

— Bom, acho que não custa experimentar. — Apanhou-o e apertou-o dentro da pata. — Mas vou ter que lavar você primeiro. Nós, guaxinins, somos cheios de frescuras.

Tartufo recolheu a cabeça e as patas para dentro da concha.

— É melhor se apressar, antes que meus meninos apanhem você — disse, enquanto a fêmea de guaxinim o carregava para a lagoa.

Ela se deteve.

— Meninos? Você tem meninos?

— Três. Eu era o bicho de estimação deles. Estão para vir me buscar a qualquer momento.

A fêmea de guaxinim afrouxou um pouco os dedos, olhando por cima do ombro.

— Meninos são maus.

— Os meus meninos eram muito maus — concordou Tartufo. — E adoravam uma pele grossa e macia de guaxinim, como a sua. — Calou a boca quando a fêmea de guaxinim o mergulhou na água. Esticou as patas para fora e tentou fugir, mas as garras semelhantes a dedos o seguravam com muita força.

— Se você era um bicho de estimação, como veio parar aqui? — A fêmea de guaxinim levou Tartufo à boca aberta. Ele podia ver os bigodes fremindo em seu focinho e sentir seu hálito úmido.

— Eu fugi — falou depressa. — Venho tentando me esconder deles desde então. Mas, infelizmente, os meninos são ótimos caçadores. Principalmente os meus.

— Eu sou ótima em fugir — disse a fêmea de guaxinim, mas sua pata estava trêmula.

— Shh! Escuta! — disse ele. — Acho que são eles chegando.

A fêmea de guaxinim ficou petrificada. Sua pata trêmula se abriu. Tartufo sentiu que caía dentro d'água.

Sem pensar no que fazia, mergulhou em direção ao fundo, nadando com toda a sua força. Passou por peixes grandes e lentos, por peixes pequenos e rápidos. Hastes ondulantes de plantas estendiam-se em sua direção. Florestas de raízes emaranhadas por pouco não o enredaram. Quanto mais fundo ia, mais difícil era enxergar. As cores das plantas e pedras tornavam-se pálidas e fantasmagóricas.

— Tudo é diferente aqui embaixo — disse ele bem alto, mas sua voz soou tão lenta e arrastada que ele se assustou. Sobressaltado, percebeu que até sua maneira de respirar tinha mudado. Não estava mais usando as narinas ou a boca, mas ainda assim absorvia o ar. Parecia estar entrando por sua pele.

Ele nadava com vigor. Embora estivesse cansado, tinha que ir em frente. E se a fêmea de guaxinim o estivesse seguindo?

Por fim, chegou ao fundo do mundão de água. Era mole, espesso e maravilhosamente lodoso! Tartufo não resistiu a cravar as patas ali. A sujeira lamacenta sugava suas unhas. Encantado, ele enfiou o nariz também, sentindo no rosto a maciez maravilhosa do lodo. Sua cabeça experimentava uma agradável sensação de embotamento. Tartufo enterrou-se mais fundo na lama, escavando-a com as patas dianteiras e espernenando com as traseiras. Fechou os olhos e se deixou afundar naquela papa escura e espessa até ficar completamente coberto por ela. Sentia-se como se fosse novamente um feto sendo chocado num ovo. E foi então que se lembrou.

— Os ovos! Tenho que voltar para o ninho de Mamãe Quá!

Mas suas patas não se moveram. A sensação de estar flutuando já se iniciara em sua cabeça.

Vou só descansar aqui por alguns instantes, pensou. Depois eu volto.

CINCO

17

No começo, foi apenas a sensação de estar indo para algum lugar. Depois, vieram lampejos de espuma borbulhante, e o lento deslizar de correnteza se transformou em um impetuoso fluir de corredeira. Tartufo se sentia erguer, cair e girar. O fluxo avançava e rugia, fazendo seu coração bater violentamente. Mas ele não estava com medo. Estava empolgado.

Tartufo abriu os olhos no lodo pegajoso. "Onde estou?", murmurou. Levantou a cabeça do lodo e viu que estava vários metros abaixo da superfície da água. Tentou pensar, mas sua cabeça ainda estava embotada. Com as patas dianteiras, esfregou a sujeira dos olhos e reconheceu o fundo do mundão de água.

— Foi só um sonho — disse lentamente. Começou a escavar a seu redor para desatolar-se daquele mingau que revestia o fundo, mas seus membros pareciam pesados e desajeitados. Ele agitou as patas e mexeu a cabeça e a cauda.

— Os ovos! — exclamou, quando a sensação de entorpecimento finalmente passou. A exclamação fez subir uma torrente de bolhas. Tartufo as seguiu. Ao se aproximar da superfície, viu luz. Perguntou-se por quanto tempo dormira. Era dia ou noite quando abandonara os ovos?

Esforçou-se por nadar mais rápido, irritado com suas patas pequenas e fracas. Por fim, avistou a superfície cintilando acima, e, para além dela, um céu calmo e azul. Num ímpeto final de energia, Tartufo irrompeu na superfície e pôs-se a nadar em direção à margem.

Galgou o banco de lama o mais depressa possível. Federico estava lá, cavoucando a lama atrás de minhocas.

— Onde esteve? — perguntou o cágado-fedorento. — Passei a manhã inteira procurando por você.

— Eu me escondi no fundo para escapar de uma fêmea de guaxinim — disse Tartufo. — Minha intenção era ficar só alguns instantes, mas acabei caindo num sono profundo.

— O lodo do fundo tem esse efeito — disse Federico. — É por isso que nós, cágados, gostamos de descansar lá. Não existe lugar melhor para tirar um cochilo.

— Mas eu tinha que ter ficado protegendo os ovos de Mamãe Quá — lamuriou-se Tartufo. Seu coração batia depressa no alto do plastrão. Quem dera que suas pernas pudessem se mover com a mesma velocidade!

— Talvez ainda não seja tarde demais. — Federico engoliu uma última minhoca. — Vou com você.

Ao se aproximarem do capim do brejo, ouviram um *quá* interminável. O tom era de choro.

— Algo terrível deve ter acontecido — sussurrou Tartufo.

Federico soltou um muxoxo de desprezo.

— A impressão que tenho é de que os patos estão sempre se preocupando com alguma coisa. — Mas seguiu Tartufo em direção aos *quás* mesmo assim.

Mamãe Quá estava descaída por cima do ninho de uma maneira lamentável. Suas penas estavam eriçadas, e seus olhos eram dois traços negros de pavor.

— O que aconteceu? — exclamou Tartufo.

— Cinco-*quá*! — murmurou a pata, como se estivesse falando sozinha. — Só cinco! O pequeno Seis-*quá* sumiu!

— O pequeno Seis sumiu! — repetiu Tartufo. — Ah, a culpa é minha! Se eu tivesse voltado assim que escapei da fêmea de guaxinim...

— Não, não, Tartufo-*quá*! Não se culpe. Tenho certeza de que você fez o que pôde-*quá*!

Tartufo abaixou a cabeça.

— Eu me escondi em vez de agir com coragem. Não tentei lutar.

Sapeca saltou do ninho para a carapaça de Tartufo, batendo nela as patinhas para confortá-lo.

— Quando Pezão quer comida,
Alguém logo perde a vida.
A sua vontade é cega
E não escolhe o que pega.
Se você não se escondesse,
Talvez não sobrevivesse!

— Sapeca tem razão — concordou Federico. — Você não pode ser culpado por salvar sua própria vida. Além do mais, mesmo que tivesse voltado, não havia nada que pudesse ter feito.

Nada que pudesse ter feito. Essas palavras foram um golpe para Tartufo. De que adiantava ser do Majestoso Mississippi, se ele próprio não era ninguém?

— Seus ovos ainda vão chocar durante muito tempo? — perguntou Federico a Mamãe Quá.

A pata levantou um pouco a cabeça.

— *Quá!* Tempo bastante para não estarem seguros.

Federico exalou algumas notas de seu fedor.

— Minerva e eu quase chegamos a ter filhotes. Se quiser, posso pingar um círculo de mau cheiro ao redor de seu ninho para desencorajar Unhão, Pezão e Bocão.

— Qualquer coisa-*quá*! Qualquer coisa para salvar meus cinco ovinhos.

— Tenho certeza de que o odor de Federico ajudaria muito — disse Tartufo. Ficou pensando se os patinhos de

Mamãe Quá cheirariam como filhotes de cágado-fedorento quando nascessem.

Sapeca saltou na concha de Federico. Os olhos do cágado-fedorento arregalaram-se de surpresa, mas ele não se queixou.

*Nossa vida do ovo vem,
E nele se vive bem;
No entanto, mal vejo a hora
De ver os patos cá fora!*

— Talvez vá ser agradável. Já faz algum tempo que não temos patinhos na nossa água — respondeu Federico. — Bem, está na hora de ir apanhar sol. — Esticou o pescoço na direção de Tartufo. — Vem comigo. Quanto mais você apanha sol, mais você come. Quanto mais você come, mais você cresce. — Abocanhou uma mariposa que pairava sobre uma flor amarela peludinha. — E, quanto maior você fica, melhor pode se defender... e, quem sabe, ajudar seus amigos.

Tartufo acompanhou Federico rumo ao mundão de água. Mas não pôde deixar de pensar que crescer demora muito.

CARLIXOS

18

Tartufo e Federico apanhavam sol na grande pedra cinzenta quando um pássaro negro e reluzente passou por eles. Em seguida, deu um rasante tão baixo que suas asas agitaram a água.

— Crá? — gritou. — Crá-crá? Crááááá!

Batendo as asas barulhentamente, ele se elevou e se pôs a sobrevoar a lagoa novamente.

— Aquele pássaro está caçando — disse Tartufo. — Você acha que nós devemos nos esconder?

Federico esticou o pescoço e esquadrinhou o céu.

— É só Carlixos, em busca de uma refeição fácil. Não se preocupe, conchas de cágado são trabalhosas demais para ele.

Mas Tartufo continuou de olho na barulhenta criatura mesmo assim. Mais uma vez, o pássaro começou a voar em círculos, para em seguida lançar-se a pique sobre a pedra de apanhar sol. Tartufo escondeu a cabeça na concha.

— Viram alguma coisa para comer? — perguntou o pássaro ao pousar. Tinha a voz roufenha e rascante de alguém que falou demais.

— Tem folhas tenras nos baixios — sugeriu Tartufo, sem retirar a cabeça de onde estava. — E filhotes de peixes, se você for rápido.

— Em geral Carlixos prefere alguma coisa morta — disse Federico. — Um bicho peludo como um esquilo, um rato ou um musaranho.

O pássaro preto catou um ácaro debaixo da asa.

— Hummm, morto é ainda melhor do que vivo. Uma pitadinha de podridão é excelente para a digestão.

— Às vezes aparece algum lambari morto na margem — disse Tartufo, esticando um pouquinho a cabeça.

— Um lambari seria bom. — Carlixos puxou uma pena nas costas para alisá-la. — Até porque preciso comer coisas leves. Tenho abusado da pizza e da batata frita ultimamente.

Tartufo sabia o que era pizza. Seus meninos costumavam comê-la quando viam tevê. Era gordurosa, vermelha e amarela. Longos fios dela ficavam grudados nos seus queixos. Tartufo não sabia se preferia comer um esquilo morto ou pizza. Ambos pareciam nojentos.

— Onde foi que você comeu pizza? — perguntou. — Você tem meninos?

— Não, não tenho. — Carlixos bicou um pontinho brilhante de luz na pedra de apanhar sol. — Encontrei um novo lugar cheio de água, freqüentado pelos humanos. Tem cantos retos ao redor e nem um pingo de lama. A água é azulzinha como o Martim-Pescador ali. Tentei beber dela, mas cruzes! Como é ruim! Aí passei a tomar refrigerante.

— Nunca ouvi falar em refrigerante — disse Federico.

— Doce, molhado, pinicante. Dá em tudo que é canto. Principalmente em latas de lixo. Cheias de pizzas e batatas fritas.

Tartufo ficou pensando nesse outro lugar cheio de água.

— Você viaja até muito longe? — perguntou.

O pássaro estufou o peito liso e preto.

— Por toda parte. Já vi de tudo. Já estive em todos os lugares.

— Já viu o Majestoso Mississippi?

Carlixos inclinou a cabeça.

— O Missi-cidra, você quer dizer? Claro que sim! Bebi todinho!

Tartufo piscou os olhos.

— Todinho? Mas ele é muito, muito grande!

Carlixos bicou um pontinho luminoso na pedra de apanhar sol.

— Bom, na verdade, foi só um golinho. Como já disse, não gosto de bebidas doces.

— Mas o Mississippi não é uma bebida, é um rio! — exclamou Tartufo. — Uma água comprida e rápida que viaja.

Carlixos coçou as costas com uma longa unha negra do pé.

— Rio? Águas rápidas eu já vi, mas nunca ouvi falar no Majestoso Mississippi.

— Não? — Tartufo recuou um pouco a cabeça.

— Talvez você possa procurar por ele da próxima vez que viajar — sugeriu Federico.

— Antes, arranja umas coisinhas mortas para mim.

— Por que você não caça? — perguntou Tartufo.

— Dá muito trabalho. Comida morta e lixo tem em tudo que é canto. Ninhos com ovos também. Ovos nunca dão trabalho.

— Ah, não tem muitos ovos por aqui, não — apressou-se a dizer Tartufo. — Mas hoje de manhã, na floresta atrás da água, passei por um rato morto.

— Um rato? Carne de rato é muito boa. — Carlixos abriu e bateu as asas. — Vou lá dar uma olhada. Obrigado pela dica.

— Pelo visto, todo mundo por aqui gosta de ovos — comentou Tartufo, triste, quando o pássaro voou.

— Foi inteligente da sua parte mandá-lo para o outro lado. — Federico bateu os maxilares. — Toda essa conversa sobre comida me deu uma baita fome. Vamos caçar!

Tartufo perseguia um cardume de filhotes de peixe prateados na zona dos lírios-d'água quando ouviu sons vindos da floresta. Alguma coisa grande se aproximava. Ele a ouvia rachar gravetos e amassar folhas. Seus pés levantavam uma nuvem de poeira.

— Tartufo! Tartufo!

— Parece ser a voz de um menino... do meu menino! — cochichou ele para Federico. Os dois cágados se esconderam entre os lírios-d'água e esperaram.

— Tartufo! Tartufo!

Davy saiu da floresta na margem da lagoa. Atrás dele vinham os gêmeos. Tartufo não pôde deixar de notar que os dois se empurravam o tempo todo.

— Eu te disse que ele não viria quando você chamasse, Davy. Tartufo é uma tartaruga, não um cachorro — disse Jeff.

— Vai vir, sim! Ele conhece a minha voz. Ei, Tufinho! Eu fiquei doente depois que deixei você aqui. Mamãe até me obrigou a ficar de cama. Mas eu sabia que você ficaria bem, porque sabe caçar e mergulhar. Vem, garoto, vamos para casa!

Tartufo sentiu um calorzinho gostoso nas entranhas, como se tivesse apanhado sol.

— Ei, Tufinho! Mamãe falou que se eu te encontrasse a gente poderia comprar um tanque de verdade e jogar fora o seu aquário velho. Aí, você poderia nadar.

Tartufo sentia as patas comicharem, mas continuou escondido. Não sabia o que era um tanque, mas gostava de nadar.

— Olha, eu trouxe uma folha de alface para você. Vem, garoto!

Tartufo experimentou uma intensa sensação picante na língua. Levantou a cabeça para ver melhor.

— Cuidado — cochichou Federico.

— Ei, Davy, ali! Uma ondulação na água! Será que é ele? Vamos, Tufinho. Você já deve estar cansado desse brejo. A gente vai te levar para casa, lá é confortável e seguro. Você pode comer a sua ração gostosa e ver todos aqueles programas sobre bichos na tevê.

Tartufo abaixou-se na água.

— Ah, que droga! O bicho que estava lá desapareceu. Mas não acho que fosse a sua tartaruga, Davy. Vam'bora.

— É, vamos logo. Eu te disse que seria perda de tempo procurar por ele. Ai! Quanto mosquito tem nesta floresta! Aposto que já estou com um milhão de mordidas.

— "Quanto mosquito"! — repetiu Federico, cheio de desprezo. — Se são tão espertos, por que não apanham alguns?

— Não! A gente não pode parar de procurar, não pode!

Tartufo já se perguntava se Davy iria fazer os olhos choverem, quando ouviu Jeff dizer:

— Vamos lá, Davy. Talvez mamãe deixe você ter um bicho de estimação melhor. Você não prefere um cachorrinho?

Tartufo lembrou que Amy, a amiga de Davy, tinha um cachorrinho. Ela o levara lá um dia, para visitá-los. Era um bicho barulhento e babão que tentava morder tudo — até Tartufo. Como Jeff podia achar que era um bicho de estimação melhor?

— Um cachorrinho? Sério? Você acha que mamãe me deixaria ter um?

— Claro! Aposto como nós três juntos conseguimos fazer com que ela concorde.

Tartufo levantou a cabeça a tempo de ver os meninos se embrenhando na floresta. A folha de alface ainda estava no mesmo ponto do banco de lama em que Davy a deixara. Tartufo sentiu-se aliviado, mas também um pouco triste. Meninos não eram tão maus assim. Pelo menos, não os seus.

Lançou um último olhar para a folha de alface.

— Vamos — disse a Federico. — Vamos procurar aqueles filhotes de peixe.

ESSSCORREGA! 19

Desliza e escorrega, escorrega e desliza!
Cuidado com o pé, olhe bem onde pisa!

Tartufo balançava feito um doido em cima de uma folha, enquanto Sapeca, Plácido e Pula-Pula nadavam ao seu redor, tentando derrubá-lo. Não era mais uma folha de lírio-d'água que lhe fazia as vezes de balsa, e sim outra menor e mais fina que eles tinham roído de uma planta aquática em flor.

— Você está jogando muito bem em cima de lírios-d'água — reclamou Plácido depois de Tartufo vencer seis partidas seguidas. — Já está na hora de enfrentar um novo desafio.

— Deve ser coisa de onde ele nasceu — gritou Martim-Pescador de seu galho acima da água. — Provavelmente os cágados de rio estão habituados a balançar e a rolar na correnteza.

Tartufo pensou que, num certo sentido, eles tinham razão. Jogar Escorrega! já não representava mais o mesmo desafio de antes. E, o que era ainda melhor, não fora só o jogo que se tornara mais fácil. A cada dia que passava, parecia que as moscas voavam mais devagar. E que a pedra de apanhar sol se aproximava um pouquinho mais da margem.

Seus cochilos também estavam mudando. Sempre que fechava os olhos, ele sentia um impulso irresistível. Uma correnteza que o arrebatava numa viagem frenética e eletrizante.

Tartufo estava tentando relembrar a sensação da água turbilhonante quando, de repente, Pula-Pula passou zunindo por sua concha. Surpreso, o cágado-de-orelha-vermelha virou bruscamente a cabeça para o lado, desequilibrando a folha. Sob os gritos de alegria dos oponentes, Tartufo despencou dentro d'água.

— Desta vez eu te peguei! — exclamou Plácido.

— Pegou mesmo! — disse Tartufo, voltando à tona. — Vamos jogar de novo amanhã. — Não se importava muito com o fato de o jogo ter acabado. Queria tirar um cochilo para poder voltar à água turbilhonante, na esperança de estar certo sobre o lugar para onde o levava.

— Bom apetite! — gritou Plácido, ao vê-lo afastar-se.

Tartufo já estava quase chegando à pedra de apanhar sol quando percebeu uma longa sombra. Parecia estar fluindo em sua exata direção. Ele estreitou os olhos e viu duas narinas... dois olhos saltados... e a ponta fina de uma cauda.

— Sssaudações! — disse o jacaré.

Tartufo olhou em volta, mas não havia nenhum lugar onde pudesse se esconder.

— Eu estava sssó caçando lambaris do outro lado da água. — Sílvio bateu com a cauda na água. — Bichos lentos, burros. O tipo de caçada sssem graça.

— Hoje de manhã achei uns filhotes de peixe deliciosos entre os lírios — disse Tartufo, nadando alguns centímetros para trás. — Talvez você devesse dar uma nadada até lá.

Sílvio bufou de desprezo.

— Filhotes? Não valem a pena. Sssinto falta dos peixes de meu lindo *bayou*. As espátulas com ssseus focinhos de pato! Os ssselvagens peixes-agulha! Como ansssseio pela batalha! Gostaria de poder vê-los.

— Eu também — murmurou Tartufo, perguntando a si mesmo se as espátulas e os peixes-agulha comiam cágados-de-orelha-vermelha.

Sílvio olhou do alto de seu focinho para Tartufo.

— Gostaria mesmo?

Tartufo recuou um pouco a cabeça.

— Algum dia, quando eu for maior. Não sei se já sou capaz de nadar numa água tão rápida assim.

Sílvio tornou a bater com a cauda na água.

— Então, você viu o Mississippi em ssseus sssonhos! Agora já sssabe o caminho para casa?

Tartufo tremeu.

Sílvio o cutucou com o focinho:

— Responde.

Tartufo fechou os olhos.

— Eu sonhei que boiava numa água viajante. No começo, não era nem muito rápida nem muito larga. Mas, à medida que fluía, ela ia mudando. Encontrava outras águas durante a viagem. Elas se uniam e se espalhavam, turbilhonavam e rugiam. Por fim, tornavam-se um único e imenso curso de água... Acho que pode ter sido o Majestoso Mississippi.

— Lar! — Os olhos de Sílvio brilharam. Ele bateu com a cauda na superfície da água, agitando-a. — Vou partir hoje à noite. Me diga onde a viagem começa.

Tartufo balançava para cima e para baixo.

Os maxilares do jacaré o cutucaram novamente.

— E então?

— Essa é a parte que ainda não sei. Mas tenho certeza de que muito em breve vou descobrir.

Os olhos negros de Sílvio faiscaram.

— Eu já disse a você que os jacarés têm pouca paciência. Ainda assim, creio que posso esperar mais um pouquinho. Assim que sssouber qual é o ponto de partida, venha até minha caverna. Fica do outro lado da água, bem embaixo do banco de lama. — O jacaré afundou na água. — Sssim, Tartufo, você precisa ir lá ver. O interior é apertadinho e aconchegante. E eu lhe darei as mais calorosas boas-vindas. *Ao estilo do Mississippi.*

CHOCANDO OS OVINHOS

20

— Pois é! Pelo visto, o jacaré quer um lanchinho à moda da casa antes de ir embora. — Federico chapinhava ao redor do ninho de Mamãe Quá. Gotas amarelas pingavam da borda de seu casco, deixando uma trilha pútrida. — Assim que você lhe disser onde começa a viagem, ele não vai mais precisar de você... salvo, talvez, como refeição.

O odor de Federico era tão forte que Tartufo não pôde deixar de recolher a cabeça para dentro da concha. Tinha certeza de que agora nenhum Unhão, Pezão ou Bocão se aproximaria do ninho. Os ovinhos de Mamãe Quá estariam seguros, embora fossem ficar fedorentos em último grau.

— Talvez Sílvio fique tão grato por aprender o caminho que me deixe em paz — respondeu Tartufo, tentando abrir a boca o mínimo possível.

— Sílvio é um jacaré em fase de crescimento. A cada dia que passa, seu apetite aumenta. Quem pode dizer que uma noite dessas ele não vai sentir uma vontade louca de comer cágado no jantar? — Federico desapareceu atrás do ninho. — Quanto antes ele for embora, mais seguros vamos ficar.

*— Exatamente! O meu sonho dourado
É ver bem longe o jacaré malvado.*

Sapeca saltou da beira do ninho e começou a dar pulos como se Sílvio já tivesse ido embora.

Houve uma grande agitação de asas quando Mamãe Quá irrompeu pelo capinzal do brejo.

— Ovinhos-*quá*! Cheguei-*quá*! — Ela foi rebolando até o ninho para examinar os ovos e enfiou o bico debaixo da asa. — *Quá-quá!* Nojentos-*quá*! Exatamente como ovos podres! — gritou. — Obrigada, cágado-*quá*! — Ainda com o bico debaixo da asa, ela montou no ninho.

Federico recolheu a cabeça para dentro da concha. Não estava habituado a receber tantos elogios.

Tartufo observou Mamãe Quá acomodar-se com delicadeza sobre seus ovos. Sentiu uma estranha brandura por baixo de seu plastrão. Se vivesse no Majestoso Mississippi, poderia conhecer uma fêmea de orelha-vermelha. Poderia até ter ovos de orelha-vermelha.

— Mamãe Quá, você já sobrevoou alguma água viajante aqui pelas redondezas? — perguntou.

— *Quá!* Água viajante-*quá*? — A pata tirou o bico de baixo da asa por um momento. — Acho que não, Tartufo-*quá*. Por que pergunta?

— Acho que pode ser o caminho para o Majestoso Mississippi. Pelo menos, espero que seja. Se eu o descobrir logo, posso mandar o jacaré para bem longe daqui. — As membranas das patas de Tartufo tremeram. — Senão, acho que ele vai me comer.

Mamãe Quá esticou o pescoço por cima do ninho e deu uma cutucadinha carinhosa em Tartufo.

— Depois que os ovos chocarem, Tartufo-*quá*, vou dar umas voltas por aí e encontrar uma água viajante para você. Não vai demorar muito-*quá*! Já ouvi umas pancadas dentro dos ovinhos-*quá*!

— Vai mesmo-*quá*? Digo, vai mesmo? — disse Tartufo. — Obrigado! — E sentiu as pancadas no alto de seu plastrão, também.

De repente, viu-se tomado por um grande cansaço. Sentiu necessidade de se revigorar com um cochilo, para sonhar com o Majestoso Mississippi.

VELHO AMIGO
21

— Quando é tempo de mormaço,
O brejo mal tem espaço
Pras mosquinhas e mosquitos,
Nossos pratos favoritos.

Na noite quente e úmida, Sapeca cantava aos berros sua canção, uma vez atrás da outra. A zona de lírios-d'água estava apinhada de bichos comendo, brincando e cantando. Eles faziam concursos para ver quem abocanhava mais mosquitos. Os sapos davam concertos. Os cágados disputavam partidas de Bate-Concha, um tentando derrubar o outro de costas.

Federico foi o primeiro a se retirar.

— Muito barulhento. Muito cheio — resmungou. — Boa-noite, Tartufo.

— Boa-noite! Vejo você ao amanhecer.

Pouco depois, Plácido e os outros cágados-pintados foram para seu tronco no brejo. Sapeca e Pula-Pula se instalaram sob um monte de folhas cobertas de lodo. A salamandra pintada deslizou por entre as plantas do brejo. Bruto e os outros sapos-boi foram os últimos a ir embora, depois de disputar o privilégio de cantar a última canção da noite.

Tartufo estava cansado, mas não queria procurar abrigo, preferindo pernoitar ao ar livre, para aproveitar o maravilhoso mormaço. Escolheu um lírio-d'água que oscilava suavemente e se acomodou. A sensação de estar flutuando veio quase instantaneamente.

Ele sentiu um tranco debaixo do plastrão. Este cochilo de tartaruga promete!, pensou. Fechou os olhos bem fechados e esperou. Viu o turbilhão de cores. Sentiu uma brisa roçando sua carapaça. Ouviu seu silvo longo e sussurrante.

Brisa? Na noite abafada, reinava uma calmaria absoluta. Tartufo abriu os olhos.

— A reunião parece ter sido maravilhosa, amigo — disse uma voz. — Gostaria de ter participado.

Tartufo franziu os olhos. Num trecho da água iluminado pelo luar, distinguiu uma sombra longa e curva. Seu coração começou a bater como as asas de uma mariposa gigante. Sabia de quem era aquela voz — e não se tratava de nenhum amigo seu.

— Infelizmente, sempre sou deixada de fora dos eventos sociais. Pode me dizer por quê, amigo?

Tartufo sabia a razão, mas continuou calado.

— Está me dando um gelo, é isso? — sibilou a cobra. — Ah, que decepção! Achei que você talvez fosse diferente dos outros, que talvez fosse realmente tentar ser meu amigo. — A cobra abriu a boca e dardejou a língua. Em seguida, começou a serpentear em direção ao lírio-d'água de Tartufo.

— Fique onde está, que eu vou ter muito prazer em conversar com você! — disparou Tartufo.

— Conversar? Excelente, amigo! Vou só chegar um pouquinho mais perto para não termos que ficar gritando.

— Não, pare! Estou ouvindo você perfeitamente.

— Está bem, amigo, vamos conversar. Vamos nos conhecer melhor. — A cobra parou de deslizar e ficou boiando na superfície. — Me diga, você gosta de cavernas?

Tartufo fez um esforço para que sua voz não saísse trêmula.

— Cavernas?

— Você sabe, amigo. Lugares escuros e aconchegantes, como imagino que seja dentro da sua concha.

— São legais — respondeu Tartufo.

— Gostaria de ver a minha caverna, amigo?

Tartufo piscou os olhos.

— Você tem uma caverna?

— Tenho, e carrego-a comigo, assim como você carrega a sua com você. Dá uma olhada, amigo. — A cobra abriu a boca.

Tartufo espiou seu interior rosa-esbranquiçado. Dois longos dentes reluziram ao luar.

— É escura e estreita no fundo — murmurou.

— Sim, escura. Difícil de ver. Por que não chega mais perto, amigo?

Tartufo recuou nervosamente na folha de lírio.

— Já vi o bastante! — gritou.

— Se você é meu amigo de verdade, tem que aceitar meu convite.

— Amigos convidam, não insistem — disse Tartufo. — Se você me obrigar, não posso ser seu amigo. — De repente, sentiu algo atrás de si. O rabo da cobra estava alisando sua carapaça!

— Perdão, amigo. Não quis ser prepotente. Por favor, aceite minha hospitalidade. — A língua serpeante fez cócegas no plastrão de Tartufo.

— Sua caverna não passa de uma boca! Se eu entrar nela, você vai me comer... e amigos não comem um ao outro! — exclamou Tartufo.

— Isso não é verdade! Já comi muitos amigos do peito. Não pude me conter. O desejo de intimidade é mais forte do que eu. — A cobra abriu os maxilares. — Portanto, adeus, meu velho amigo. Sentirei sua falta.

Recorrendo a toda sua força de vontade, Tartufo lutou para não sucumbir à tentação de se esconder na concha. Em vez disso, esticou as patas ao máximo e retesou-as, deixando-as duras como se fossem de madeira. Então, cravou as unhinhas afiadas ao redor da boca da cobra.

Esta, por sua vez, abaixou mais a mandíbula, tornando a boca ainda maior. Tentou engolir. Metade de Tartufo estava dentro da boca do animal, metade fora. Mas ele ainda se agarrava com força à mandíbula da cobra. Ela sacudia a cabeça para a frente e para trás, tentando afrouxar os dedos de Tartufo. Mas o cágado-de-orelha-vermelha apenas enterrou as unhas mais fundo na pele grossa da cobra.

O furioso animal pressionava os portentosos maxilares contra a carapaça de Tartufo cada vez com mais força, até o ponto em que ele começou a sentir que seria esmagado.

Foi quando ouviu um *crrroc*! grosso, abalador. A água pareceu explodir em ondas. Bruto!

— Meu rabo! Pára de morder meu rabo! — gritou a cobra. — Ai, ai, larga! — Por um momento, seus maxilares se afrouxaram, mas, com a mesma velocidade, voltaram a morder a carapaça.

Tartufo sentiu que algo se agitava acima da água. Ouviu bater de asas e um grito seco, áspero. Ainda preso entre os maxilares da cobra, sentiu-se elevar para fora da água, cada vez mais alto no céu noturno.

E então — *tchibum*! Bateu na superfície da água, finalmente livre. Atordoado, nadou até o banco de lama e olhou para cima.

Martim-Pescador voou até seu galho com a cobra presa no bico. Embora a cobra se contorcesse e desferisse golpes a esmo com o rabo, ele a manteve em seu poder, batendo-a contra a árvore sem parar. Por fim, Tartufo viu um corpo comprido e inerte cair no capinzal.

— *Ac ac ac!* — Martim-Pescador soltou um estridente grito de vitória e voou para a floresta.

A TROCA

22

Pela manhã, Tartufo nadou até a pedra de apanhar sol para contar a Federico o que acontecera.

— Bah! Imagino que Bruto vá se gabar dessa batalha durante séculos — disse Federico. — Mas fico muito feliz que ele tenha ajudado Martim-Pescador a salvar você.

Tartufo esticou o pescoço em direção ao sol que brilhava.

— Não me importo que Bruto se vanglorie. Foi extremamente corajoso da parte dele distrair a cobra para que Martim-Pescador pudesse atacar.

— Martim-Pescador é um grande caçador — disse Federico. — E sei que ele não gosta de cobras. Elas assaltam os ninhos e comem os ovos.

Tartufo virou a cabeça para Federico.

— Comem os ovos? Quer dizer que elas roubam os ovos dos pássaros que fazem ninhos em árvores?

— Isso mesmo. As cobras sobem muito bem nas árvores.

— E elas também gostam dos ovos de ninhos em capinzais?

Federico exalou um cheiro hediondo. Virou-se para Tartufo.

— Talvez.

Um *crááááááá* acima dos cágados fez com que olhassem para cima. Um pássaro negro e reluzente sobrevoava em círculos o mundão de água.

— Alguma coisa para comer por aqui? — gritou Carlixos, batendo as asas para pousar na pedra.

— Comida é o que não falta para quem não tem preguiça — respondeu Federico.

Mas Tartufo teve uma idéia.

— Acho que sei onde você pode encontrar uma cobra morta.

— Uma cobra? Onde?

Tartufo não estava com a menor pressa para responder.

— Deixe-me ver. — Abocanhou uma mariposa que passava. — Você encontrou o rio? O Majestoso Mississippi?

Carlixos se coçou debaixo da asa.

— Não exatamente. Não tenho voado muito. Tenho feito ponto naquele lugar da água azul-turquesa. Pizza demais. Cobra parece bom.

— E era uma cobra comprida e gorda, ainda por cima — disse Tartufo. — Mas primeiro me diz, você viu alguma água viajante?

Carlixos bicou o dedão comprido e magro.

— Vi algumas. Não muito longe daqui.

Tartufo sentiu um ímpeto violento nas entranhas.

— Um rio?

— Negativo. Não é um rio.

— Como assim? A água é rápida?

— Negativo. Não é rápida.

— É funda?

— Negativo. Não é funda.

— *Vai para algum lugar?*

— Positivo. Definitivamente vai para algum lugar.

— Então me diz como chegar lá!

Carlixos lançou um olhar penetrante para Tartufo.

— Seria mais fácil se você pudesse voar. — Bateu as asas. — A pé, você atravessa a floresta. Passa pelas casas dos humanos. Cruza o pátio da escola onde os garotos deixam cair as migalhas do lanche. Transpõe o campo de buracos que tem ovos que não quebram. Corta a grande estrada onde carros rápidos deixam carcaças de bichos.

Cortar uma grande estrada. Tartufo sentiu um calafrio de medo.

— Onde está a minha cobra?

— No capinzal, abaixo do galho do martim-pescador.

Carlixos bateu as asas.

— Viaje à noite — aconselhou ao levantar vôo. — É o que os morcegos dizem. Espere até escurecer, assim talvez tenha uma chance.

Talvez!, pensou Tartufo.

— Hora do café-da-manhã. Tchau! — E Carlixos voou.

— Bom apetite — gritou Federico. Virou-se para Tartufo. — Aquela cobra levou muitos da nossa comunidade. Agora, está dando alguma coisa em troca. Você vai poder despachar Sílvio para casa. E todos vamos ficar livres dele.

— Isso mesmo — concordou Tartufo. Mas sentiu o ímpeto em suas entranhas novamente. Era uma sensação parecida com a fome, só que ele não queria comida. Queria ver a água correndo, também. Ansioso, esticou o pescoço para o sol, fechou os olhos e esperou.

JORNADA SOMBRIA

23

A noite estava quente, e soprava uma brisa. Tartufo descansava no banco de lama, contemplando o céu. Às vezes ondulado, às vezes liso, ele lhe lembrava um mundão de água. Tartufo imaginou que aquele era o Majestoso Mississippi e que nadava nele.

Quando ficou sonolento, deslizou para a água. A lama, que era ainda mais quente no baixio, tornara-se seu lugar favorito para passar a noite. Ele acabara de se aconchegar embaixo dela quando algo agitou a água bem acima dele. Rápido, Tartufo escondeu a cabeça na concha.

Lap-lop-plip-plop! Algo lambia a água com uma língua comprida e encaracolada.

— Mamãe, estou com fome! — ganiu uma voz.

— A fome é uma coisa boa! O apetite torna um bom caçador ainda melhor. — *Sniff, sniff, sniff!* — A brisa está trazendo um cheiro delicioso. Sinto que o dono está escondido sob o mau cheiro horroroso de Cágado-Fedorento.

— Seja que bicho for, tem um nariz esperto — falou Tartufo sozinho. Procurando não fazer ruído, esgueirou cautelosamente a cabeça para fora e levantou-a, tentando enxergar através da água. À luz ondulada do luar, viu a cintilação de uma pelagem prateada, o brilho fixo de dois olhos amarelos e dentes finos, afiados como agulhas de pinheiro.

— Hummm, que cheiro é este, mamãe? — ganiu outra vozinha.

Sniff, sniff, sniff.

— De um jantar de patos. Em outras palavras, de carne nutritiva e suculenta.

— Au-au-au!

— Uau-au-au!

— Uauauau!

— Au-uau-au!

— Shhh! Calem a boca ou nosso jantar vai sair voando. — *Sniff, sniff, sniff!* — Estou farejando mais coisas. Ovos de sobremesa!

— O que é um ovo, mamãe?

— A comida mais perfeita da floresta. Do lado de fora, parece uma pedra lisa e redonda, mas, do lado de dentro, tem uma surpresa: uma iguaria molinha, gosmenta... ou um tenro passarinho! Agora, deixem-me ver... — *Sniff, sniff, sniff!*
— Meu faro me diz que são cinco ovos. Um para cada um de

nós. Acabem de beber sua água e se preparem para uma longa caçada. Patos são espertos para esconder seus ninhos.

Tartufo não se atreveu a sair do baixio até eles irem embora. Tinha medo de que o bicho-mãe o rastreasse com seu faro aguçado. Ou o visse com seus olhos penetrantes. Ou o mordesse com seus dentes afiados. Mesmo assim, tinha que ajudar Mamãe Quá!

Relembrou as palavras de Sapeca quando o pequeno Seis fora roubado:

Quando o Pezão quer comida,
Alguém logo perde a vida.

Porém, em vez de fazerem com que tivesse vontade de desistir, essas palavras deram a Tartufo coragem para resistir. Ele podia não ser grande ou rápido. Mas era resistente. Teimoso e tenaz. Confiável e determinado.

Ele se arrastou para fora da lama e pôs-se a nadar rumo ao fundo. A quantidade de água acima de si aumentava cada vez mais. Desde que conseguira escapar da fêmea de guaxinim, não mais voltara ao fundo do mundão de água. E agora era de noite. Não havia a mais tênue luminosidade para ajudá-lo a enxergar. Ele era obrigado a se orientar pelo tato. Ao entrar e ao sair dos emaranhados de plantas aquáticas. Ao passar por espirais de raízes torcidas e pedras recobertas de penugem. Ao transpor montes de folhas podres e os vultos pulsantes de criaturas do fundo.

No início, não soube para onde estava indo. Tudo o que sabia era que não podia deixar Unhão, Pezão e Bocão assaltar o ninho outra vez.

Passado algum tempo, chegou a um grande vulto escuro que se elevava firmemente do fundo lamacento. Com cuidado, Tartufo tocou nele com a pata dianteira. Era mais duro do que a concha de um cágado. Áspero e familiar. Tartufo percorreu um trecho de sua extensão.

— Esta deve ser a base da pedra de apanhar sol — falou sozinho. — Estou no meio do mundão de água. — Mas as patas ainda comichavam e latejavam, levando-o cada vez mais longe.

Seus olhos já começavam a se acostumar com o escuro. Ele tentava passar ao largo dos cardumes de peixes que ficavam no fundo. Sua imobilidade fazia com que parecessem adormecidos, mas seus olhos sem pálpebras fitavam o observador com fixidez fantasmagórica. Suas bocas pulsavam em abre-e-fecha, como que de prontidão para possíveis presas.

Uma planta subaquática oscilou à sua passagem. Ele sabia que era bobagem ter medo de uma planta, mas, por via das dúvidas, manteve distância de suas gavinhas divagadoras. Porém, um grande besouro negro saiu de trás de um caule e investiu contra Tartufo. Possuía um olho negro e saltado de cada lado da cabeça, e um apavorante ventre peludo. Tartufo ficou paralisado. Devia fugir ou se esconder em sua concha? Antes que pudesse decidir, o inseto o prendeu pela carapaça com suas enormes pinças.

Tartufo tentou se livrar do imenso besouro empurrando-o com as patas, mas ele o puxava cada vez mais para sua bocarra aberta. Tartufo recuou depressa a cabeça para a concha, antes que o inseto a arrancasse com uma dentada. *Nhaaac!* O besouro mordeu a borda da carapaça, abriu a boca e grunhiu: "RrrOC!" Tartufo sentiu-se sacolejado por trancos violentos, como se o besouro estivesse tentando expulsá-lo de dentro da concha. Ele se encolheu com força dentro dela e esperou.

Por fim, as pinças o soltaram. Ele deu uma espiada do lado de fora. O besouro nadava para longe, suas antenas tremelicando freneticamente. Exausto, Tartufo boiou até o fundo e lá se acomodou.

A sensação do lodo aninhando seu plastrão lhe deu vontade de cavar mais fundo e se esconder. Adorava o modo como puxava suas unhas. Adorava a maciez de seda nas membranas entre seus dedos. Não resistiu a roçar o focinho nele. E uma calma sonhadora começou a tomar conta de sua mente.

Deixou que seus olhos se fechassem. Porém, em vez de um rio turbilhonante, viu uma fera de pêlo prateado e olhos amarelos. Aquela criatura e sua família estão encurralando Mamãe Quá e os ovos!, lembrou-se de repente. Ergueu bruscamente a cabeça do lodo. Moveu a cauda e virou o pescoço de um lado para o outro. Expirou uma torrente de bolhas como um rugido silencioso e pôs-se a nadar o mais depressa possível.

Nunca estivera no lugar para onde se dirigia. Nunca vira aquilo por que procurava. Ainda assim, fazia uma idéia de como fosse. Um lugar fundo, escuro. Um buraco frio, úmido. Tentou adivinhar o que haveria em seu interior. Lama e folhas? Ovos gelatinosos? Lesmas cobertas de lodo? Restos de animais que tinham ido parar lá por engano?

O luar começava a se filtrar pela água escura. É mais raso aqui, pensou Tartufo. O banco de lama não pode estar muito longe. Ele nadou mais rápido, empurrando raízes e plantas. Suas patas traseiras livravam-se às sacudidelas de restos de lama e folhas. Num dado momento, elas roçaram um peixe de cabeça chata da região que se contorceu todo ao ser tocado. Horrorizado, Tartufo desviou-se.

Finalmente, por trás de uma floresta de plantas aquáticas, teve a impressão de avistar uma parede de lama. Percorreu um trecho de sua extensão e logo encontrou um buraco. O ruído de um sorvo veio lá do fundo. Seu coração se acelerou.

— É só o som da água entrando e saindo de um espaço vazio — disse, tentando se acalmar.

Espaço vazio. Sem mais nem menos, ele soube! Era a coisa por que estivera procurando o tempo todo. Só que esse lugar era mais do que um buraco. Era uma caverna.

ENCURRALADO!

24

Tartufo nadou em silêncio até o grande buraco escuro.

— Sílvio? — chamou. Não houve resposta. Ele chamou mais alto: — Sílvio! Você está aí?

— Ora ssse não é o orelha-vermelha que estou farejando! Que sssurpresa! Pode entrar, Tartufo.

Tartufo arrastou-se em meio à água diante do buraco escuro.

— Não posso. Estou com muita pressa. Mas preciso falar com você. É urgente!

— *Já disse para entrar!* — O rabo comprido e forte serpenteou para fora do buraco e puxou Tartufo para dentro.

Tartufo sentiu uma grossa camada de lodo e folhas sob suas patas. O cheiro de podridão era fortíssimo. Estava escuro demais para ele poder enxergar qualquer coisa além dos olhos vermelhos e brilhantes de Sílvio. Foi quando sentiu o focinho do jacaré cutucá-lo.

— Você veio me dizer onde começar a viagem de volta para o meu *bayou*? — Os olhos vermelhos faiscaram.

— Não, vim pedir a você para me ajudar a salvar uma amiga e sua família — disparou Tartufo.

— Que tipo de amiga?

Tartufo hesitou. Sabia que Sílvio não ia gostar da resposta.

— Uma amiga de patas membranosas — disse num fio de voz. — Uma mamãe pata.

— Sssalvar uma criatura de patas membranosas? — rugiu Sílvio. — Você me insssulta! Uma grande fera como eu não sssalva patos e sssim os engole!

— Mas Mamãe Quá não é uma pata comum — protestou Tartufo. — Ela me deixou dormir no seu ninho para que eu ficasse seguro, e até se ofereceu para me ajudar a procurar água viajante, o lugar onde sua viagem deve começar.

— Pássaros de patas membranosas sssão meus inimigos mortais. Você vai ter que encontrar água viajante de alguma outra maneira!

— Talvez eu já saiba onde encontrá-la — disse Tartufo, nadando de costas para fora do buraco escuro —, se aquele corvo estiver certo.

A imensa boca bateu os maxilares no ar.

— O quê? Você já tem as instruções? Me dê!

— São longas e complicadas, e eu não tenho tempo a perder — disse Tartufo, escapulindo disfarçadamente para a água aberta. — Preciso voltar para o ninho e tentar ajudar minha amiga. Você vai ter que esperar. — E nadou para longe o mais depressa que pôde.

— Volta aqui! — urrou Sílvio.

Mas Tartufo apenas nadou mais rápido, rumo ao outro lado do mundão de água.

Mesmo antes de chegar à margem, Tartufo ouviu uma canção estridente se espalhar por toda a região:

— Amigos, acordem e acudam já, já!
O horrível Bocão ronda o ninho dos Quá!
Tão séria ameaça pede atos extremos:
Unamo-nos todos e o desafiemos!
Ou esperaremos que dêem seus botes
A fera raposa e seus quatro filhotes?

— A fera raposa! — repetiu Tartufo, estremecendo ao deslizar para fora d'água e pôr-se a subir o banco de lama. Sentia-se minúsculo e impotente. Não tinha qualquer plano. Mas continuou chapinhando tão rápido quanto podia.

Por trás de uma cortina de capim, espiou o ninho. Mamãe Quá estava em cima dele, mas Tartufo mal a reconheceu. Seu peito estava estufado e as asas abertas. Ela abria e fechava o bico com a mesma ferocidade de qualquer Unhão, Pezão ou Bocão.

A mãe raposa e seus filhotes cercavam Mamãe Quá agachados, com passos furtivos. Depois que avançava um pouco, a mãe raposa corria para o ninho, rosnando e mordendo. A cada mordida, Mamãe Quá batia as asas com tanta força que quase saía voando do ninho.

Tartufo permaneceu imóvel e calado por um momento. Então, avançou para o círculo de raposas.

— Ordeno que vão embora imediatamente! — exigiu.

Os filhotes correram para trás da mãe.

— O que é isso? — perguntou um deles.

— *Sniff, sniff, sniff!* É só um cágado. Pequeno demais para nos incomodarmos com ele. Não lhe dêem atenção.

— Eu já disse para pararem! — gritou Tartufo novamente, pisando na pata da mãe raposa. — Vão procurar o que jantar em outra parte.

Os olhos amarelos dela cravaram-se ferozes em Tartufo.

— Que bicho mais idiota. Burro demais até para rastejar para longe daqui. Que importância têm ovos de pata para você?

— Sou Tartufo do Majestoso Mississippi, e Mamãe Quá é minha amiga. Estou avisando, você corre grande perigo se continuar atacando.

A gargalhada da mãe raposa ecoou, alta e debochada. Ela baixou a cabeça até seu focinho preto encostar na carapaça de Tartufo. Então, deu-lhe uma lambida com sua língua cor-de-rosa e encaracolada.

Rápido, Tartufo esticou o pescoço e mordeu o nariz dela, agarrando-se com firmeza à protuberância fria e úmida.

— *Aaaúúúúúú!* — ganiu a raposa. Chorando, seus filhotes foram correndo se esconder no capinzal.

Tartufo foi balançado para cima e para baixo, enquanto a raposa sacudia a cabeça e batia com as patas no nariz. Ele lutava para se segurar, mas, de repente, viu-se atirado ao léu.

Pimba! Ele caiu com força no chão. Uma pata de unhas negras o apanhou e virou de concha para baixo.

— Crianças, podem sair agora — chamou a raposa. — Tenho um brinquedo para vocês.

O CONVITE

25

Uma patinha de unhas afiadas deu um tapa em Tartufo.

— Au-au-au! Olha, ele gira!

— Uau-au-au! Me deixa experimentar! — Outra pata o golpeou, virando-o na direção contrária.

— Uauauau! É minha vez! — Uma pata o arrastou pelo chão.

— Au-uau-au! Me dá! — Unhinhas afiadas arranharam seu plastrão.

No interior de sua concha, Tartufo encolheu-se ainda mais. Tinha que fazer uma grande força para respirar. Quase desejava que os filhotes o devorassem de uma vez e acabassem logo com aquilo. Mas eles não pareciam interessados. Ele se perguntou se poderia morrer de tanto girar.

Sentiu uma vibração de passos ligeiros sob a concha. Tentou fazer com que sua mente confusa se concentrasse.

Algo avançava na direção deles. Parecia estar saltitando. Não, rastejando. Voando. Correndo!

Na mesma hora os filhotes pararam de ganir. A raposa parou de rosnar. Mamãe Quá parou de grasnar. Ainda com a concha para baixo, Tartufo pôs a cabeça para fora a tempo de ver Bruto saltando na clareira. Sapeca e Pula-Pula vinham logo atrás dele. Um segundo depois, Federico e Plácido apareceram. Ouviu-se um bater de asas no alto. Martim-Pescador pousou numa árvore e soltou um grito curto e estridente.

A gargalhada de deboche da mãe raposa rompeu o silêncio.

— O que é isso? Mais convidados para o jantar? Que ótimo! Teremos um banquete!

— Se não forem embora já, você e seus filhotes é que podem acabar se transformando no banquete — disse Martim-Pescador.

— Ha! Quem vai me devorar? Você? Aqueles sapos? Os cágados? Eu poderia comer qualquer um de vocês com uma mordida, mas nenhum vale a pena.

A resposta foi uma série de urros que abalaram até as árvores.

— *Ooo queee ééé issooo?* — choramingaram os filhotes.

No momento seguinte, Sílvio avançava aos saltos pelo capinzal, usando o rabo como catapulta.

— Alguém falou em jantar? Também estou convidado?

A mãe raposa recuou alguns passos.

— Você gosta de pato?

— Eu detesto pato.

A raposa levantou as orelhas.

— Quem sabe não prefere alimentos verdes? Temos uma grande variedade de sapos e cágados. — Deu um tapinha em Tartufo com a pata. — Que tal começar por este aqui? Já pintou o sete comigo. Teve até a ousadia de me morder!

Sílvio bateu com o rabo no chão.

— Vira ele para cima imediatamente!

Tartufo sentiu um piparote desvirá-lo. Respirou fundo, e suas idéias começaram a clarear.

— O que você quer? — sussurrou a mãe raposa.

— Quero que você vá embora.

A raposa soltou sua gargalhada alta.

— Ora, isso é uma tolice, quando temos um jantar tão magnífico diante de nós.

— Vai embora antes que eu decida jantar *raposa*! — rugiu Sílvio.

A mãe raposa recuou em passos ligeiros.

— Esses ovos estão fedendo mesmo. Provavelmente estão podres.

— Talvez você tenha razão. Mas ssseus filhotes devem estar fresquinhos e tenros. — Sílvio bateu com força os maxilares.

— Corram! Fujam, filhotes! Já! — A raposa e sua família fugiram para a floresta.

Tartufo pôs a cabeça para fora da concha. Torcia para que Sílvio não estivesse planejando comer a própria Mamãe Quá — ou um cágado-de-orelha-vermelha.

— O q... que você está fazendo aqui? — gaguejou.

À luz do luar, os olhos de Sílvio faiscaram de raiva.

— Ssseu comportamento inssssensssato me obrigou a vir. Eu tinha que garantir que minhas instruções não fossem devoradas por aquelas raposas. Já ssse esqueceu? Você ainda não me disse onde fica a água viajante!

— Ah... as instruções. — Tartufo soltou um grande suspiro. Fechou os olhos e tentou se lembrar da viagem que Carlixos descrevera. — Você atravessa a floresta, passa pelas casas dos humanos...

— Agora não — interrompeu-o Sílvio. — Você tem que me contar à luz do dia. Pela manhã vai ssser mais fácil de eu me lembrar.

Tartufo ficou perplexo. Afinal, ele viera buscar as instruções ou não?

— Mas você disse que os jacarés são impacientes. Tem certeza de que não prefere seguir viagem hoje mesmo?

Repentino como um relâmpago, o rabo de Sílvio chicoteou o chão.

— Você não está tentando ssse livrar de mim, está, Tartufo?

— Não, claro que não — apressou-se Tartufo a dizer.

— Ótimo, porque, sssendo ambos do Majestoso Mississippi, sssomos quase parentes. Contraparentes. Você não haveria de querer ssse livrar de um contraparente, não é? — Sílvio cutucou Tartufo com o focinho. — Ah, ssseu cheiro faz minha boca aguar de apetite pelos comestíveis do *bayou*. Agora, vou voltar para minha toca a fim de me preparar para a viagem. — Lentamente, pôs-se a rastejar em direção ao mundão de água. — Talvez, quando você estiver descansssado, queira ver por sssi mesmo.

Tartufo piscou os olhos.

— Ver o quê?

— Conversssaremos amanhã — respondeu Sílvio, encaminhando-se para o capinzal do brejo.

No alto de seu maltratado plastrão, Tartufo sentiu algo se agitar, mas não soube se de excitação ou de medo.

— Você está falando de eu ir com você para o lugar onde a água viajante começa? — elevou a voz, para que o outro o ouvisse.

— Ssse você quiser — disse Sílvio, olhando para trás.

Tartufo sentiu uma força tão violenta dentro de si, que seu coração disparou. Por um momento, ouviu o rugido abafado de água turbilhonante.

— Eu gostaria de ver o Majestoso Mississippi... mesmo que fosse só o comecinho — disse, com ar sonhador.

— O comecinho! — Sílvio praticamente bufou as palavras. — Não, não creio que você teria coragem de ir mais longe. Talvez o Majestoso Mississippi não ssseja o ssseu verdadeiro lar, afinal de contas. Ssse fosse, você faria tudo para voltar para lá.

— É e eu faria! — retrucou Tartufo.

— Então, está pretendendo ir?

O coração de Tartufo batia com tanta força que ele imaginava que todos da lagoa o ouviam.

— Estou.

— Um cágado naniquinho como você? Ora, você nunca foi a lugar algum. Como vai sssaber o que é a vida num rio, onde encontrar comida e onde descansssar, quem é amigo e quem é inimigo?

— Talvez eu pudesse ir com você — sussurrou Tartufo, horrorizado com suas próprias palavras.

— Você? Por que eu haveria de querer levar você comigo?

— Eu talvez venha a ser útil. E dois viajantes talvez tenham mais sorte do que um.

— Útil? Um bicho que dorme debaixo da bunda de uma pata? Ha! — O capim começou a balançar quando Sílvio se afastou.

As palavras do jacaré feriram Tartufo tão fundo quanto o dente de uma raposa. Talvez Sílvio tivesse razão, pensou. Ele não era corajoso o bastante para ter o direito de chamar o Mississippi de seu lar. Infeliz, recolheu a cabeça para dentro da concha.

Mas não conseguiu se livrar da voz de Sílvio, que, como a brisa, insinuou-se por sua concha e sua cabeça: "Está bem, Tartufo. Vou conssssiderar ssseu pedido. Por ora, volte para a sssegurança do ninho da pata. Uma noite passada sssob os cuidados de uma mãe deve ajudar você a ssse recuperar."

IRMÃO-QUÁ!

26

Tartufo despertou aninhado em folhas secas de capim e penas macias. Estava no ninho de Mamãe Quá, mas algo mudara: em vez do tiquetaque dos corações dos ovos, ele ouviu piadinhos finos ao seu redor. Lentamente, pôs a cabeça para fora da concha.

— Bem-vindo, Irmão-*quá*! — piou uma voz simpática. — Estávamos esperando por você-*quá*!

Tartufo viu cinco avezinhas ainda úmidas olhando para ele. Seus bicos eram chatos, e seus pés tinham membranas exatamente como os da mãe. Porém, em vez de penas de um castanho-claro desbotado como as de Mamãe Quá, as deles eram amarelas e fofinhas. Mal Tartufo abriu a boca para cumprimentá-los, tornou a fechá-la. Os filhotes eram umas gracinhas, mas fedorentos.

— O último a sair é um ovinho podre: você-*quá*! — provocou o patinho mais próximo. Tartufo não podia acreditar que ainda na noite passada aquela coisinha rechonchuda estivesse dentro de um ovo.

— Estamos indo nadar-*quá*! — outro patinho lhe participou. — Mamãe vai nos ensinar!

— E vamos comer, também! *Quá-quá-quá!* — acrescentou um terceiro patinho.

— E, algum dia, voar-*quá*! — exclamou um quarto patinho. — É melhor sair dessa concha-*quá*!

Mamãe Quá esticou o pescoço sobre a beira do ninho:

— Patinhos bobos! Tartufo-*quá* é um cágado. A concha faz parte dele-*quá*!

— Mas onde estão as asas dele? Como Tartufo-*quá* vai voar com a gente? — perguntou o quinto patinho.

— Um cágado-*quá* não precisa de asas, porque não precisa voar. Tartufo-*quá* pode nadar por longas distâncias. Pode mergulhar. Pode respirar debaixo d'água.

— Mas o que tem dentro da concha dele? — perguntou o patinho rechonchudo.

— Coragem e convicção! — respondeu Mamãe Quá. — Agora, chega de perguntas! Todo mundo para dentro d'água. Venham. *Quá-quá-quá!*

— Você vem também, Tartufo-*quá*? — perguntou o menor dos patinhos.

— Talvez mais tarde — respondeu Tartufo. Voltou chapinhando pelo capinzal e deslizou para a água. A pouca distância, no alto do banco de lama, viu os filhotes enfileirados atrás da mãe, rebolando desengonçados e soltando *quás* de alegria. Tartufo sentiu uma tristeza estranha. Em vez de se unir a eles, mergulhou sob a superfície e nadou até a pedra de apanhar sol.

Mal pôde acreditar que algum dia já considerara o percurso até o centro da lagoa uma viagem interminável. Agora, não lhe custava esforço algum. Arrastou-se pela pedra acima e encontrou Federico e Sapeca observando os patinhos também.

— Esses filhotes estão fazendo a maior algazarra que já tivemos em nossa água — resmungou o cágado-fedorento. — Está quase impossível tirar um cochilo.

— Eles têm um cheiro idêntico ao seu — disse-lhe Tartufo.

Federico deu outra olhada na fileira de patinhos.

— Têm, é? Talvez eu lhes faça uma visita mais tarde. Às vezes as coisas têm desfechos estranhos.

Tartufo esticou a cabeça para o sol e fechou os olhos.

— Os patinhos têm sorte por seu lar ser este mundão de água.

— Sim, é um bom lugar para começar a vida — concordou Federico.

Tartufo abriu os olhos.

— Como assim? Os patinhos não vão viver sempre aqui?

— Ah, não. Quando estiverem crescidos, vão partir à procura de companheiras, e depois de lugares para construir seus próprios ninhos.

Sapeca se pôs a dar pulos, concordando:

> — *Bichos d'água já maiores*
> *Abandonam os arredores.*
> *Também estou por deixar*
> *Para trás meu velho lar.*

— Quer dizer que você vai se mudar para o outro lado do mundão de água, Sapeca? — perguntou Tartufo.

> — *Perereca já crescida*
> *No mato leva sua vida.*
> *É assim que nós fazemos*
> *Quando o rabinho perdemos.*
> *A natureza faz leis*
> *Pros girinos terem vez!*

Tartufo deu uma espiada no rabo de Sapeca. Para seu espanto, desaparecera completamente. Ele não conseguia imaginar o mundão de água sem ela. Quando era um bicho de estimação, todos os dias pareciam iguais. Mas aqui, no mundo exterior, as coisas — e os bichos — estavam constantemente mudando.

— Este mundão de água é o melhor lar que já tive — disse ele aos amigos. — Ainda assim, sinto uma vontade imensa de ver o Mississippi e conhecer outros cágados-de-orelha-vermelha.

Federico exalou um pouquinho de mau cheiro.

— A necessidade de reencontrar o próprio lar é uma característica de muitos animais. É uma coisa muito forte. Se você a sente, talvez deva ir.

— Pode ser que Sílvio me deixe acompanhá-lo até o Majestoso Mississippi — confessou Tartufo.

— Se viajar com o queixadão,
Pode virar sua refeição!

A voz de Sapeca soou alta e estridente como um grito de advertência.

Abatido, Tartufo escondeu a cabeça na concha.

— O caminho para o rio certamente é longo e perigoso. Mesmo que ele não me coma, talvez eu não sobreviva.

TERCEIRA PARTE

ATRAVESSANDO A FLORESTA

27

Tartufo descansava no banco de lama, esperando pelos amigos e contemplando o pôr-do-sol. Repetia uma vez atrás da outra as instruções de Carlixos, até que por fim se tornaram uma espécie de cantochão. *Atravessar a floresta. Passar pelas casas dos humanos. Cruzar o pátio da escola. Transpor o campo de buracos. Cortar a grande estrada.*

O céu escureceu e uma lua redonda nasceu. Pouco a pouco, Tartufo se viu cercado por bichos — Federico, Sapeca, Mamãe Quá, Bruto, Martim-Pescador, Rato-Almiscarado, Pula-Pula e Plácido. Tantos amigos. E agora iria deixá-los. Porque Sílvio concordara que Tartufo fosse com ele para o Majestoso Mississippi.

— Temos bastante luz. Perfeito para começarmos nossa viagem — observou Sílvio, batendo sem parar com o rabo no chão.

— Perfeito para Unhão, Pezão e Bocão caçarem! — Mamãe Quá agitou as asas. — Tenha cuidado, Tartufo-*quá*!

> — *Eu louvarei, Tartufo, em mil canções*
> *Sua inteligência e suas boas ações.*
> *Nenhuma fera viva ou por nascer*
> *Derrotará alguém como você.*

— Obrigado, Sapeca — disse Tartufo. — Você foi uma boa amiga. Vou sentir saudades de nossas partidas de Escorrega!. — Ele se voltou para os outros. — Aliás, vou sentir saudades de todos vocês. Bruto, Martim-Pescador, Rato-Almiscarado: vocês me salvaram daquela cobra. E você, Mamãe Quá, me protegeu do Unhão, Pezão e Bocão. Obrigado por serem meus amigos.

Virou-se para Federico e roçou com a cabeça a concha do cágado-fedorento.

— Se eu não tivesse conhecido você quando cheguei aqui, teria morrido de fome. Tem certeza de que não quer vir com a gente?

— Não, esta lagoa me basta. — Federico abocanhou uma mariposa que passava e a mastigou lentamente. — Além disso, ontem à noite senti na brisa o cheiro de uma fêmea de *Sternotherus oderatus*. Em breve vou começar a procurar por ela.

— Talvez vocês tenham ovinhos — disse Tartufo. Na escuridão, imaginou cágados-fedorentos minúsculos flutuando entre os lírios-d'água como novos brotos. E desejou poder estar lá para vê-los.

— Talvez — concordou Federico. — E eu não deixarei de contar a eles sobre os tempos em que um cágado-de-orelha-vermelha e um jacaré viveram na nossa lagoa. Adeus, amigo. Embora nós, os *Sternotherus oderatus*, sejamos criaturas solitárias, sentirei sua falta. — No momento seguinte, mergulhou na água. — Bom apetite — desejou, antes de desaparecer sob a superfície.

Tartufo ia na frente pela trilha que atravessava a floresta. Da última vez que estivera lá, fora transportado no bolso de Davy, e apenas *ouvira* a floresta. Agora, olhava ao seu redor. As grandes copas das árvores bloqueavam quase que totalmente a luz do luar. Havia sons de folhas farfalhadas por toda parte, sem que ele pudesse ver o que os produzia. Sentia-se como se já tivesse sido tragado pelo estranho cenário — como se estivesse no interior de uma gigantesca criatura viva.

Atrás de si, podia ouvir os passos de Sílvio, sussurrantes como seda. A respiração do jacaré saía em arquejos. Ambos sentiam-se mais confortáveis na água; em terra, comportavam-se de maneira um tanto desajeitada. E se a água viajante fosse rápida demais para ser alcançada por seres rastejantes?

Tartufo não sabia nem mesmo se conseguiria rastejar até o outro extremo da trilha. Como podia esperar passar por casas, cruzar o pátio de uma escola, transpor um campo e cortar uma estrada?

Um guincho terrível o levou a olhar para o alto. Um pássaro de olhos redondos e brilhantes e penachos semelhantes a chifres precipitou-se sobre ele, com as grandes e aduncas garras abertas. Apavorado, Tartufo retraiu-se para a concha. Em questão de segundos, estaria em pleno ar. Voando!

O deslocamento de ar produziu o violento rugido de uma labareda, fazendo torvelinhar pedaços de folhas e gravetos. A ponta de uma asa roçou sua concha. Houve um guincho — e então um grande barulho de asas, ao que a criatura seguiu adiante em seu vôo.

Agora Tartufo tinha certeza de estar cometendo um erro terrível. Mesmo que conseguisse chegar ao *bayou*, jamais sobreviveria lá! No momento em que entrasse na água quente e agradável, haveria de se tornar pasto para algum pássaro, cobra ou peixe gigante. Mas guardou seus medos para si e continuou avançando pela trilha.

Quanto mais longe ia ficando da lagoa, mais seco e empoeirado o chão se tornava, penetrando na garganta e nos olhos de Tartufo e fazendo-o arrastar-se ainda mais devagar. Ele procurou pensar em água viajante, sentir sua energia nas patas.

— Estou indo para o Majestoso Mississippi — disse a si mesmo.

— Lamento muito, mas você vai ter que mudar seus planos — disse uma voz desconhecida.

De repente, Tartufo se viu cara a cara com um animal que jamais vira na vida. Pendurado em um galho baixo pelo longo rabo pelado, ele tinha um corpo claro e peludo e um focinho bigodudo de rato, com muitos dentes.

O bicho estendeu o braço e apanhou Tartufo, balançando-se em seguida para o alto da árvore, onde se embrenhou.

Tartufo pensou depressa.

— Obrigado por me poupar — disse.

O bicho o segurou diante da cara pálida, com seu focinho inquieto.

— Poupar você? Bem, num certo sentido, não deixa de ser. Estou poupando você para o meu jantar.

— Ah, eu não me importo. Prefiro mil vezes ser comido por você do que por aquele bicho ali embaixo. Ele ia me levar para a sua toca fria e escura debaixo d'água e me deixar apodrecer lá. Acho melhor ser comido depressa.

O captor de Tartufo olhou para Sílvio ao pé da árvore, e piscou os olhos escuros.

— Mas que bicho é aquele, afinal?

— É um lagarto saltador de árvores gigante — disse Tartufo.

A pata apertou Tartufo com mais força.

— Nunca ouvi falar nele.

— Talvez porque todos que já o viram tenham sido devorados. Você já ouviu falar nas rãs arborícolas, não ouviu?

— Já, mas elas são pequenas e saltam. Aquele bicho não me parece capaz de saltar.

Sílvio bateu os maxilares com força.

— Ssse eu sssaltar aí, vou levar os dois para minha toca debaixo d'água.

— Eu tenho horror de água! — guinchou o bicho.

— Então devolve o meu cágado! — urrou Sílvio, arqueando o corpo, enrodilhando o rabo e se catapultando para a árvore.

O animal deu um guincho e atirou Tartufo no chão. Tartufo sentiu que despencava a toda a velocidade. Adeus, Sílvio, adeus, Mississippi, pensou.

Plof! O plastrão de Tartufo bateu em alguma coisa macia e leve.

— Ei, sai de cima do meu montinho! — gritou uma voz.

Tartufo abriu os olhos e viu que aterrissara numa pilha de folhas e musgo semelhante a uma almofada.

— Já estou indo — resmungou, sem esperar para descobrir a quem pertencia a voz debaixo do monte.

Sílvio já esperava por ele na trilha, virando a cabeça de um lado para o outro, como se não soubesse o que fazer em seguida.

— Fico feliz que você tenha sssobrevivido! — exclamou. — Lagarto sssaltador de árvores gigante, ha! Essa é boa.

— Obrigado. É melhor irmos andando antes que aconteça mais alguma coisa.

Sílvio encarou Tartufo por um momento. Em seguida achatou o corpo, pressionando-o contra o chão.

— Sssobe nas minhas costas que eu carrego você. Acho que estou vendo as luzes das casas dos humanos mais adiante.

PASSANDO PELAS CASAS DOS HUMANOS

28

Poct! Alguma coisa bateu com força na concha de Tartufo, por pouco não o fazendo cair de costas.

— Bola nula! — gritou uma voz.

Cauteloso, Tartufo esgueirou a cabeça para fora. Estava cercado por uma moita cerrada de galhos entrelaçados. Pequenas folhas verdes e roxas cobriam a maior parte desse mato.

— Anda, Danny! Procura a bola!

— Foi você que bateu nela, Tim, portanto você pega ela!

— Eu? O apanhador é você.

— Não estou nem aí. Aquela cerca viva está infestada de sumagre-venenoso. Eu é que não vou pegar aquela bola.

— Bola? O que é uma bola? — sibilou Sílvio. Com o corpo chato e avantajado, conseguira avançar mais debaixo da cerca viva do que Tartufo.

— Uma bola é aquilo que acabou de bater na minha concha — respondeu Tartufo. — E, se aqueles meninos se enfiarem aqui embaixo para pegá-la, vão encontrar a gente!

— Ssse eles nos virem, podem tentar nos capturar. Eu não sssuportaria sssser um bicho de estimação novamente. Talvez eu deva tentar comer esses meninos.

— Não, não faça isso! — A idéia de comer meninos fez com que Tartufo sentisse uma coisa estranha por dentro, uma aflição. — Deixa comigo. Procura ficar o mais quieto possível. — Tornou a recolher a cabeça para a concha e tentou se passar por um pedaço de cerca viva.

— Lady! Aqui, menina. Procura a bola! PROCURA!

— Isso mesmo, Lady. Boa menina! PEGA A BOLA!

Alguma coisa agitou a ramagem acima de Tartufo. Arfando em grandes baforadas de ar fedorento, ela se pôs a escavoucar a terra.

— Aff Aff! Bola de eu! Bola de eu! — A criatura enfiou o focinho preto e molhado embaixo do arbusto.

Tartufo deu uma espiada para fora e viu um animal de pêlo castanho e branco e longas orelhas caídas. Refletiu por um momento. "Hummm. Peludo... agitado... barulhento... burro... deve ser um cachorrinho!" Esticou um pouquinho a cabeça para fora:

— Eu não sou a bola! Essa coisa redonda é que é a bola. Pega e vai embora!

— Aff Aff! Bola de eu! Arbusto de eu! Quintal de eu! — A cachorrinha sacudiu as orelhas. — Aff Aff! Meninos de eu!

— Não quero a sua bola, nem o seu arbusto, nem o seu quintal, e menos ainda os seus meninos. Estou só de passagem — cochichou Tartufo.

— Lady! Traz a bola! ANDA, MENINA!

— Aff Aff! Vai-bora, Pedra Verde! — A cachorrinha abriu a boca, pegou um galho quase rente à concha de Tartufo e o sacudiu até as folhas começarem a cair.

— Não sou uma pedra, sou um cágado. E não posso ir embora agora — explicou Tartufo. — Tenho que esperar até anoitecer. Estou a caminho do... — Calou-se ao sentir as vibrações dos meninos se aproximando.

— Qual é o problema, Lady? Não está alcançando a bola?

— Vam'bora, Danny. De repente é melhor deixar pra lá. E se a Lady tiver urticária?

— Deixa de ser burro, Tim! Cachorro não tem urticária.

— Nem no focinho?

Tartufo tomou coragem e esticou o pescoço inteiro para fora. Empurrou a bola com a cabeça na direção do focinho preto que balançava e da boca que rosnava.

— Toma, pega. Por favor.

A cachorrinha escancarou a boca. Tartufo pôde ver suas gengivas rosa-choque. Recolheu a cabeça e esperou.

— LADY, VOLTA JÁ PRA CÁ!

A cachorrinha abocanhou a bola.

— Aff Aff! — advertiu, ao recuar de baixo da cerca. — Aff Aff Aff!

Tartufo soltou um resmungo de alívio.

— Sim, eu sei — tranqüilizou-a. — *Sua* bola. *Seu* quintal. *Seus* meninos.

CRUZANDO O PÁTIO DA ESCOLA

29

Sob um céu de luar nublado, Tartufo e Sílvio dirigiram-se para um campo de terra maltratada. No centro ficava um longo edifício de tijolos com muitas janelas. Seria esse o pátio da escola que Carlixos mencionara — o lugar onde o corvo comia as migalhas do lanche das crianças? Os gêmeos, Jeff e Josh, iam para a escola todas as manhãs, usando uma espécie de sacola nas costas que os deixava um pouco parecidos com cágados. Mas aqui, à noite, não havia uma única criança.

Tartufo olhou para as formas estranhas que se erguiam num dos extremos do campo. Reconheceu os balanços, porque havia um no quintal de Davy. Só que, em vez de um só balanço, esse lugar tinha uma fileira inteira. Havia também coisas brilhantes e inclinadas como montanhas. Tartufo também as conhecia. Uma vez Davy o empurrara do alto de uma igualzinha. Tartufo deslizou e saiu voando, indo cair na terra.

Sílvio soltou um gemido, despertando Tartufo de suas lembranças.

— Estou morto de fome. Sssó comi meia dúzia de minhocas e de mosquitos desde que sssaímos da lagoa. E minha pele está tão ssseca que chega a doer. Sssinto falta de água e de lama. Acho que não agüento ir mais longe.

Tartufo também estava seco. Seco, encalorado e exausto.

— Atravessar a floresta. Passar pelas casas dos humanos. Cruzar o pátio da escola. Transpor o campo de buracos. Cortar a grande estrada — recitou. — Acho que não temos que ir muito mais longe. Mas precisamos chegar ao outro lado deste lugar antes que clareie de novo. Podemos nos esconder naquela fileira de arbustos que margeia o campo.

Uma nuvem espessa encobriu a lua, escurecendo a noite.

— Não estou vendo nenhum arbusto — reclamou Sílvio. — Ssserá que estamos indo na direção certa?

Apesar do calor, Tartufo teve um calafrio.

— Continua andando. Eu conheço o caminho — disse, tentando dar um tom confiante à voz.

Chegaram a um local onde a grama não crescia. Em seu lugar, havia apenas um trecho de terra poeirento lembrando um quadrado, com os contornos delineados por linhas brancas muito retas.

— Esta terra é listrada como um gambá — disse Sílvio. — O que ssserá que essa coisa preta está fazendo aqui?

Tartufo cutucou a coisa com a cabeça. Era dura, mas, ao mesmo tempo, elástica.

— Meus meninos tinham uma destas no quintal. Davy me pôs em cima dela uma vez. Acho que se chama base de batedor.

— Ah, é? Então, vou bater nela. — Sílvio parou de rastejar, bufou com força e bateu com o rabo na coisa preta. — A poeira daqui está me sssufocando. Não posso ir mais longe. — Dobrou as pernas e descaiu a cabeça comprida e achatada na terra.

— Mas nós não podemos ficar aqui. Não há nenhum lugar onde possamos nos esconder. Vamos ser apanhados! — Tartufo cutucou a cabeça de Sílvio, mas o jacaré não se mexeu.

Na verdade, Sílvio parecia não mais ouvi-lo, seu corpo estatelado e imóvel como a coisa chamada base de batedor. Tartufo desistiu e se acomodou para zelar por ele. Com a concha bem apertada contra o corpo do amigo, mergulhou num cochilo sem sonhos.

Um ronco parecendo o rosnado de um cachorro grande estremeceu a concha de Tartufo. Seguiu-se um barulho semelhante ao estalo de um galho gigantesco. Tartufo esticou o pescoço para fora.

— Sílvio, acorda! Escuta!

Sílvio bufou muito de leve.

— Não posso.

Tartufo cutucou o couro grosso do corpo do amigo.

— Tenta! Por favor!

Com um grande esforço, Sílvio levantou a cabeça e abriu os olhos.

— Estou sssentindo o ar pinicando! — sussurrou, empolgado.

Outro estalo ressoou. Aos poucos, pingos leves começaram a cair, fazendo sons de *plop* na concha de Tartufo. Ainda com a cabeça de fora, ele abriu a boca. A água tinha um gosto leve e puro.

Sílvio agitava o rabo para os lados. A chuva começou a cair mais rápido. Mais forte. Fustigando os balanços. Transformando, em pouco tempo, a terra em lama.

— Lama sssaudável, sssuculenta, sssenssssacional — cantou Sílvio, feliz. — Estou com vontade de cavar um buraco!

— Aqui? — perguntou Tartufo. — Agora?

— Eu sssimplesmente preciso — respondeu Sílvio, seu focinho já empurrando a terra amolecida. — Minha mãe era famosa por ssseus buracos de jacaré. — Lentamente, começou a perfazer um círculo. Sulcando a lama com o rabo vigoroso. Cavoucando-a com as unhas afiadas. Esburacando-a com o focinho comprido e chato.

Tartufo acomodou-se na base de batedor para assistir.

Não demorou muito para que começasse a se formar um sulco na terra ao redor de Sílvio. Ele se pôs a rodar mais depressa. A lama voava. Seu sulco se transformou numa bacia. A chuva começou a se acumular dentro dela.

— Parece maravilhosa — disse Tartufo. — Bastante funda para um excelente banho de lama.

Sílvio grunhiu. Um grande torrão de lama saiu com facilidade de dentro do buraco. E outro. E mais outro. A bacia se transformou num fosso. E a chuva continuou a se acumular.

— A água já está quase dando para a gente nadar! — exclamou Tartufo.

Sílvio grunhia e rodava, rodava e grunhia. A chuva escorria em filetes para o fosso. Por fim, quando a lua começou a se pôr no céu, o fosso já era um buraco — um buraco de jacaré cheio de água e lama.

Sílvio bateu com o rabo na água, espirrando-a.

— Pode vir nadar agora — disse, orgulhoso. — Nadar e recordar nosso mundão de água.

Tartufo rastejou até a borda do buraco e espiou dentro dele.

— É a coisa mais maravilhosa que vejo em dias — disse. — Obrigado, Sílvio.

Deslizou para a água e se pôs a nadar da superfície ao fundo, do fundo à superfície, até surgir o primeiro raio de sol. Em seguida, os dois amigos saíram apressados do buraco e cruzaram o campo para se esconder sob os arbustos.

O CAMPO DE BURACOS

30

No meio de um pequeno buraco oval cheio de água, Tartufo absorvia intensamente a luz do sol. Como ficara surpreso em encontrar esse mundinho de água! E sem que houvesse qualquer moita cerrada ou capinzal alto para escondê-la — a água era tão aberta quanto um olho que não pisca.

O chão ali também era estranho. Por toda parte havia montes baixos e arredondados, cobertos pelo capim mais curto e compacto que Tartufo já vira na vida. Além disso, havia alguns buracos. Eram do tamanho do buraco de um rato-almiscarado, embora não tivessem nem um milésimo da sua profundidade. Ainda assim, era preciso tomar cuidado com eles, principalmente no escuro.

Tartufo também achou estranho que ele e Sílvio parecessem ser os únicos bichos que tinham encontrado a lagoazinha. Isto é, com exceção dos roliços peixes cor de laranja que nadavam de um lado para o outro, em voltas intermináveis. Eram os peixes mais chatos que Tartufo já vira.

Essa falta de graça não impediu que Sílvio os papasse numa boa.

— Refeição burra é refeição fácil — disse. — Além do mais, já estou de sssaco cheio de comer insssetos. — Bateu os maxilares e desapareceu sob a superfície.

Tartufo pensou que talvez fosse bom passar um dia descansando e recuperando as forças. Com os raios de sol a pino, começou a sentir um agradável torpor. Deixou que os olhos se entrecerrassem.

De repente, ouviu um *clac* alto. O ar acima dele começou a vibrar. Ele levantou a cabeça e viu um ovo perfeitamente redondo voando pelo campo afora. Rápido, escondeu a cabeça na concha. Com um *tchibum* barulhento, o ovo bateu na água e afundou.

Que ave é essa que põe seus ovos enquanto voa?, perguntou-se Tartufo. Mamãe Quá jamais soltaria seus ovinhos de maneira tão desleixada. Olhou para cima. O céu luminoso estava deserto. Nem um pardal voava nele.

Sílvio apareceu à tona segurando o ovo com delicadeza entre os maxilares.

— Este é o ovo mais estranho que já vi na minha vida — disse, fazendo-o rolar para a ilha. — O fundo da água está cheio deles.

Tartufo arrastou-se até ele e encostou a cabeça na casca.

— Não estou ouvindo o coração dele bater. — Observou-o com mais atenção. Em vez de lisa, a superfície da casca tinha um milhão de buraquinhos.

Outro *clac*, e outro ovo foi bater com estrépito na ilhazinha.

— Ele nem quebrou! — exclamou Tartufo. — A ave que põe esses ovos deve ser durona e braba.

— Talvez não ssseja uma ave — sussurrou Sílvio. — Pode ssser algum outro bicho, menos um jacaré, porque nossos ovos não sssão assim, isso eu posso garantir.

— Acho que os de cágado também não — disse Tartufo, embora nunca tivesse chegado a ver um. Pensou em outros animais ovíparos — peixes, sapos, lagartos... e cobras. — Tomara que n-n-não sejam ovos de cobra — gaguejou.

Os dois se calaram quando uma vibração diferente chegou até eles. Dois humanos grandes se aproximavam da lagoa, cada um carregando um pau com uma nadadeira na ponta.

— Não estou achando a bola em lugar nenhum — disse o mais alto. — Deve ter caído na água.

— Então aquele ovo não é um ovo; é uma bola! — murmurou Tartufo. — Que bola pequena para uma gente tão grande.

— Tem certeza de que não está naquela ilha? — perguntou o outro humano.

— Não dá para ver.

— Por que não tira os sapatos, entra na água e dá uma olhada?

— Está brincando? Ouvi dizer que tem jacarés naquele tanque.

Os dois humanos emitiram grandes rajadas de barulho, parecidas com os grasnados de um corvo.

— Acho que vou ter que bater com outra. — O humano mais alto tirou do bolso outra bola-ovo e a colocou no chão. Em seguida afastou o pau com a nadadeira e *pec* — a bola saiu deslizando pelo capim rasteiro. Os humanos saíram caminhando atrás dela.

— Eles sabem que você está aqui! — cochichou Tartufo para Sílvio quando eles foram embora. — Vamos ter que ir embora hoje de noite, antes que eles voltem.

— Estou pouco me importando! Tem tantas dessas bolas-ovo no fundo que quase não estou encontrando lama para cavar. E os peixes daqui sssão gordinhos, mas o sssabor não é grande coisa.

— Logo, logo você vai ter um milhão de peixes para comer. Hoje à noite vamos procurar a grande estrada. Carlixos disse que a água viajante fica do outro lado.

Tartufo omitiu a parte sobre os carros rápidos e as carcaças esmagadas dos bichos que chegavam perto demais.

A GRANDE ESTRADA

31

Quando ouviu uma coruja começar a piar e sentiu as vibrações de morcegos dando rasantes, Tartufo rastejou para fora do arbusto. À sua frente, a estrada esperava. Era ainda mais escura do que o céu noturno — e, durante algum tempo, manteve-se igualmente silenciosa. Mas, então, os carros começaram a aparecer. Suas luzes lançavam listras luminosas amarelas que faziam Tartufo franzir os olhos.

A seu lado, Sílvio entrecerrou os olhos, como se estivesse em êxtase.

— Sssinto o cheiro de água viajante! Você tinha razão. Estamos quase lá.

Tartufo abriu a boca e aspirou. O cheiro que permeava a estrada era diferente do aroma do mundão de água. Era mais penetrante, mais fresco. Os aromas de novas plantas e novos bichos se misturavam a outros que ele já conhecia e adorava. Era a água com o cheiro mais maravilhoso de que ele já tivera notícia.

— Eu preciso me banhar nela! — exclamou Sílvio.

— Eu preciso senti-la correndo por cima de minha concha! — concordou Tartufo. Virou a cabeça de um lado para o outro, à procura de carros — e viu um esquilo morto a pouca distância.

— Acho que o pobre bicho também estava a caminho da água viajante — sussurrou Sílvio. — Sssem dúvida um esquilo é mais rápido do que qualquer um de nós. Não vejo como possamos chegar lá. — Abaixado na terra, ele parecia cansado e assustado. Nem de longe lembrava a criatura feroz que fora no mundão de água.

Sílvio precisa chegar ao rio logo para recuperar suas forças, pensou Tartufo. Continuou quieto na beira da estrada, observando os carros passarem. E pensando.

— Se atravessarmos um de cada vez, diminuem as chances de sermos notados — disse, por fim. — E um pode vigiar a estrada quando for a vez do outro. Eu olho numa direção, você olha na outra. Quando não vierem carros de nenhuma das duas, você atravessa primeiro.

Sílvio agitou o rabo para os lados.

— Eu? Mas por quê?

— Porque você é mais rápido e mais corajoso. Quando eu te vir do outro lado, isso vai me dar confiança. — Tartufo cutucou com o focinho o couro do jacaré. — Boa sorte, amigo!

— Vejo você do outro lado.

Tartufo olhou atentamente em uma direção. Com as patas, procurou detectar vibrações na estrada. Sílvio olhou na outra direção, mantendo o rabo bem reto atrás de si. Três carros zuniram de um lado. Dois carros chisparam do outro. Suas luzes brilhavam como olhos zangados.

Por fim, tudo ficou escuro e silencioso.

— Agora! — exclamou Tartufo.

Com o rabo, Sílvio se catapultou para a estrada. Sobre as patas curtas e fortes, cruzou como um raio o asfalto largo e pegajoso. Já estava do outro lado havia muito tempo quando o próximo carro riscou a escuridão.

Seu urro vitorioso fez as membranas nas patas de Tartufo tremerem de alívio.

— Está vendo a água? — gritou Tartufo.

— Estou! Fica logo abaixo dessa mureta. Não é muito larga, mas corre que é uma beleza.

Ansioso, Tartufo pôs uma pata dianteira na estrada.

— Cuidado! — avisou Sílvio. — Sssinto alguma coisa ssse aproximando.

Tartufo voltou atrás e escondeu a cabeça. Com as rodas roncando, dois carros passaram em alta velocidade. Em seguida, tudo ficou silencioso de novo.

— Parece que agora está limpo — gritou Sílvio.

— Lá vou eu! — Tartufo arrastou-se para a estrada e pôs-se a lutar contra o asfalto. Que se estendia duro e desagradável sob suas patas. E arranhava seu plastrão. E estava coberto de corpos de insetos.

Ele se concentrou em manter um ritmo regular. Pareceu levar uma eternidade para chegar às duas linhas amarelas no meio da estrada. Arrastou-se ansiosamente até elas e iniciou a travessia da outra metade.

Sob as patas, Tartufo sentiu a estrada trepidar. Rapidamente, a trepidação se transformou em abalo. Ele parou de se arrastar.

— Depressa! Alguma coisa vem vindo aí! — gritou Sílvio.

Tartufo virou a cabeça e viu dois raios de luz varrendo a auto-estrada. Escondeu a cabeça na concha.

— Não pára! — urrou Sílvio. — Vem, depressa!

Tartufo pôs a cabeça para fora. Tentou se apressar, mas os raios de luz já se aproximavam. Atrás deles, podia ver rodas negras girando.

— Tartufo! Já estou indo!!! — rugiu Sílvio, saltando de novo para a estrada.

— Não, pára! — Tartufo olhou horrorizado para o amigo que corria em sua direção. No momento seguinte, sentiu o rabo forte de Sílvio golpeando sua concha.

Tartufo voou, voou, voou... cruzando o asfalto em alta velocidade. Ouviu um baque apavorante. Um gemido terrível. E então, colidiu num arbusto.

CAS(C)O ENCERRADO

32

A luz do sol se infiltrava pela concha de Tartufo, fazendo sua cabeça doer. Sem abrir os olhos, ele tentou mexer o pescoço. Sentiu uma dor violenta correr como um choque por sua carapaça. Será que sua concha estava rachada? Esticou as patas para fora e pressionou-as de leve no chão. Pela terra macia que sentiu debaixo delas, compreendeu que não estava mais na estrada.

Uma lembrança. Mais uma vez, viu o rabo de Sílvio se agitando, golpeando-o para fora do caminho das luzes e rodas. Ouviu o baque. *Sílvio!* O que acontecera com ele?

Na escuridão de sua concha, Tartufo teve a certeza de que sabia a resposta. E isso fez com que desejasse manter-se fechado ali para sempre.

— Ah, Sílvio — sussurrou. — Eu tentei ser um bom companheiro de viagem, mas me faltaram coragem e velocidade. Me perdoe por ter deixado você na mão.

Durante muito tempo, Tartufo se manteve totalmente imóvel em sua concha. Mesmo que pudesse se mexer, pensava, para onde iria? Não estava mais se importando com a água viajante.

Não tinha idéia de quanto tempo se passara quando uma brisa o acordou. Ouviu um som de asas. E grasnados. Alguma coisa deu pancadinhas na sua concha.

Lento e cauteloso, ele pôs a cabeça para fora. O corvo deu um pulo para trás, surpreso.

— Vai embora, ainda não estou morto — disse-lhe Tartufo.

— Desculpe. — O corvo bicou o chão. — Hum... E quanto àquele... hum... bicho lá na estrada? Sabe se ele está morto? Por via das dúvidas, não quis chegar perto demais.

— Fica longe dele! — Tartufo tentou soar feroz, mas sua voz saiu fraca e fina. — Aquele bicho é meu amigo. Ele está cansado porque nós fizemos uma viagem muito longa.

— Para mim, parece morto. Se bem que às vezes seja difícil ter certeza. Mas, hum, que tem alguma coisa errada com o rabo dele, ah, lá isso tem. — O corvo bicou um ácaro debaixo da asa.

— Mesmo sem rabo, ele pode comer você com uma dentada — avisou Tartufo. — É melhor ir embora antes que ele acorde e eu conte que você andou perguntando por ele.

— Opa, não precisa fazer isso! Eu já estou indo. — O corvo bateu as asas. — Mas volto para, hum, dar uma conferida em você. — Grasnou da própria piada e voou.

Tartufo esticou para fora o pescoço dolorido e vistoriou o asfalto com os olhos franzidos. Viu Sílvio deitado imóvel no cascalho à beira da estrada. Lentamente, percorreu com os olhos o corpo todo de Sílvio. E se sentiu como se seu coração tivesse parado de bater.

Com grande esforço, Tartufo lutou para se pôr sobre as patas. Passo por passo, arrastou-se pelo cascalho à beira do asfalto quente.

— *Sílvio*. — Cutucou a cabeça do amigo, mas não obteve resposta. — Sílvio, por favor, acorda. Faz uma força, por favor! — Tartufo se recostou no corpo inerte, imóvel. Sentiu uma tristeza devastadora. Desejou poder fazer os olhos choverem como os de Davy.

Lentamente, deu meia-volta e arrastou-se até o rabo do jacaré. Estava sem a ponta. A vista do sangue pegajoso deixou a cabeça de Tartufo aérea e vazia. Teve vontade de mergulhar em um cochilo que o levasse para longe.

Mas algo chamava por ele. Um som baixo e murmurante que fez Tartufo pensar em pássaros. Só que não vinha do céu. Vinha lá de baixo, onde a mureta acabava.

Ele abriu os olhos e contemplou o declive coberto de plantas. Era uma descida ondulada, não muito íngreme. A água viajante estava bem ao pé dela, como lhe fora dito. Uma água brilhante, torrencial, que corria sobre seixos, pedras e gravetos. Uma água que borbulhava e murmurava com alegria, como se nada houvesse de errado.

Apesar de sua dor, Tartufo sentiu um pequeno impulso dentro de si. E uma idéia começar a tomar forma.

— Sílvio, você vai chegar à água viajante — disse com firmeza ao corpo sem vida do amigo. — Vai começar a sua viagem de volta para casa hoje mesmo. — Em seguida, encostou a carapaça no jacaré e se pôs a empurrá-lo.

Pouco a pouco, Tartufo foi movendo o corpo de Sílvio até a beira da mureta. Primeiro, a cabeça. Depois, o tronco. Por fim, seu rabo encurtado. Em seguida, voltou para a cabeça do amigo e começou a empurrar novamente. Trabalhou sem descanso até que, com um último empurrão, o corpo de Sílvio se pôs a rolar a ribanceira abaixo da mureta. Sem grande barulho, ele mergulhou na água. E Tartufo se sentiu como se seu próprio coração tivesse mergulhado com ele.

Exausto, arrastou-se pelo declive abaixo. Deteve-se à beira da água viajante e aspirou sua rica fragrância. Contemplou as pétalas e as folhas sendo arrastadas pela vigorosa corrente. E imaginou Sílvio deslizando em seu fluxo, o rabo balançando de alegria. Indo para casa.

Com uma pata dianteira, Tartufo testou a temperatura. Como era geladinha e refrescante, aquela água! E não parava de convidá-lo... de atraí-lo em sua direção. Por fim, rendeu-se à sensação e entrou na corrente.

Ficou surpreso de ver como era rasa e estreita a água viajante. Podia encostar com facilidade em muitas pedras no leito. Mal nadara alguns metros, já podia alcançar qualquer uma das margens cobertas de capim. E a água era elástica à beça! Cada vez que o elevava, Tartufo se sentia leve como uma pétala de lírio.

O vulto escuro de Sílvio já começava a se afastar. Tartufo se pôs a nadar em sua direção, alerta para a novidade de se mover junto com a corrente. Com cuidado, nadou até o mais perto possível do ouvido do jacaré.

— Adeus, amigo — sussurrou. — Nunca vou me esquecer de você. — Pela última vez, a concha de Tartufo bateu no corpo de Sílvio. Então, ele nadou para longe.

Como era gostosa a sensação da água nas membranas entre os dedos! Como ele se sentia energizado enquanto ela corria por sua carapaça! Como se sentia feliz por estar vivo! E começou a nadar mais rápido.

— Devagar — disse uma voz rascante. — Espere por mim.

No começo, Tartufo ficou em dúvida se ouvira direito. Achou que era a água borbulhando. Ou algum bicho que não percebera. Com grande esforço, retesou-se contra a correnteza e virou-se para olhar.

Sílvio deslizava em direção a ele, os olhos abertos, os maxilares ligeiramente separados.

— A água viajante é a energia da vida — disse. — Desta vez, foi você que me sssalvou. Obrigado, Tartufo do Majestoso Mississippi.

Tartufo sentiu tanta alegria, tanto orgulho e tanta esperança, que não conseguiu falar. Por ora, teria de deixar que a água murmurante fosse o som compartilhado pelos dois. Nadou mais devagar para que Sílvio o alcançasse. E, juntos, os dois amigos deram início à sua viagem.

Impresso no Brasil pelo
Sistema Cameron da Divisão Gráfica da
DISTRIBUIDORA RECORD DE SERVIÇOS DE IMPRENSA S.A.
Rua Argentina 171 – Rio de Janeiro, RJ – 20921-380 – Tel.: 2585-2000